Sharon Kendrick
Desafío al destino

Editado por HARLEQUIN IBÉRICA, S.A.
Núñez de Balboa, 56
28001 Madrid

© 2013 Sharon Kendrick
© 2014 Harlequin Ibérica, S.A.
Desafío al destino, n.º 2337 - 24.9.14
Título original: Defiant in the Desert
Publicada originalmente por Mills & Boon®, Ltd., Londres.

I.S.B.N.: 978-84-687-4494-0
Depósito legal: M-19724-2014
Editor responsable: Luis Pugni
Impresión en CPI (Barcelona)
Fecha impresion para Argentina: 23.3.15
Distribuidor exclusivo para España: LOGISTA
Distribuidor para México: CODIPLYRSA
Distribuidores para Argentina: interior, BERTRAN, S.A.C. Vélez
Sársfield, 1950. Cap. Fed./ Buenos Aires y Gran Buenos Aires,
VACCARO SÁNCHEZ y Cía, S.A.

Capítulo 1

HAY un hombre en recepción que quiere verte.
–¿Quién es? –preguntó Sara sin molestarse en apartar la mirada del dibujo en que estaba trabajando.

–No lo ha dicho.

Al escuchar aquello, Sara volvió la mirada hacia Alice, la mensajera de la oficina, que la contemplaba con una expresión un tanto extraña. Alice era joven y muy entusiasta, pero en aquellos momentos parecía casi en trance. Su rostro estaba tenso a causa de una expresión mezcla de excitación e incredulidad, como si el propio Santa Claus se hubiera presentado con antelación en su trineo tirado por renos.

–Hoy es Nochebuena –dijo Sara a la vez que contemplaba el cielo gris que se veía a través de la ventana. Desafortunadamente, no estaba nevando. Tan solo llovía un poco. Era una pena. La nieve habría ayudado a mejorar su ánimo, a liberarla en parte de la inevitable sensación de «no encajar» que siempre se adueñaba de ella en aquella época del año. Nunca le resultaba fácil disfrutar de las Navidades, y ese era uno de los motivos por los que tendía a ignorar las fiestas hasta que habían pasado.

Se esforzó por sonreír.

–No voy a tardar en irme a casa. Si es un vendedor

no estoy interesada, y, si no lo es, dile que pida una cita conmigo para Año Nuevo.

—Dice que no piensa irse a ningún sitio hasta que te vea —insistió Alice.

Al sentir que sus dedos empezaban a temblar, Sara se reprendió por ser tan tonta. Estaba totalmente a salvo en aquella magnífica e iluminada oficina de la exitosa empresa publicitaria en que trabajaba. No había motivos para experimentar la sombría aprensión que se estaba adueñando de ella.

—¿Cómo que no piensa irse a ningún sitio? —preguntó, y tuvo que esforzarse para que su voz no delatara el pánico que empezaba a experimentar—. ¿Qué ha dicho exactamente?

—Que quiere verte —dijo Alice, cuyo rostro adquirió una nueva expresión que Sara no había visto nunca—. Que solo implora unos minutos contigo.

Implorar.

Ningún hombre inglés contemporáneo habría utilizado aquella palabra. Sara sintió que una fría mano le atenazaba el corazón.

—¿Qué... aspecto tiene?

Alice jugueteó con el colgante que pendía de su cuello en una muestra inconsciente de tensión sexual.

—Es... bueno, ya que me lo preguntas, es bastante increíble. No solo por su constitución, aunque debe de trabajar a diario en el gimnasio para tener un cuerpo como ese, sino más.... bueno, en realidad son sus ojos.

Sara sintió que se le disparaba el pulso

—¿Qué les pasa a sus ojos?

—Son... negros. Pero realmente negros. Como el cielo cuando no hay luna ni estrellas. Como...

—Alice —la interrumpió Sara, tratando de introducir una nota de normalidad en la efusiva descripción de la chica. Porque aún a aquellas alturas estaba tratando de engañarse a sí misma pensando que aquello no podía estar sucediendo, que tal vez se tratara de un terrible error. Una simple confusión. Cualquier cosa, menos lo que más temía–. Dile que...

–¿Por qué no me lo dices tú misma, Sara?

Sara se volvió al escuchar aquella voz procedente del umbral de la puerta. Experimentó sucesiva y rápidamente conmoción, dolor, deseo. Hacía cinco largos años que no lo veía y, por un instante, casi no lo reconoció. Siempre había sido moreno e increíblemente atractivo, con un rostro y una mente que capturaron por completo y en un instante su corazón. Pero ahora...

Ahora...

Los latidos de su corazón resonaron con tumultuoso estrépito en sus oídos.

Algo había cambiado en él.

Llevaba la cabeza descubierta, y un traje en lugar de su habitual túnica. La chaqueta gris marengo que vestía definía su fuerte torso tan bien como cualquier flotante pliegue de seda, y los pantalones, impecablemente cortados, enfatizaban la interminable longitud de sus poderosos muslos. Siempre había tenido el aire de distinción que le confería ser el consejero más cercano del sultán de Qurhah, pero su aire natural de autoridad estaba matizado por una acerada capa que Sara no había visto nunca. Y de pronto reconoció de qué se trataba.

De poder.

Parecía emanar de cada poro de su cuerpo, haciendo que Sara se sintiera aún más cautelosa.

–¿Qué estás haciendo aquí, Suleiman? –preguntó, insegura.

La sonrisa de Suleiman fue gélida, incluso más que la que le dedicó la última vez que estuvieron juntos, cuando él se apartó de su apasionado abrazo y la miró como si fuera el ser más despreciable del mundo.

–Creo que eso podrás deducirlo por tu cuenta, Sara –dijo Suleiman a la vez que entraba en el despacho entrecerrando sus vivaces ojos negros–. Aunque equivocada, eres una mujer inteligente. Has ignorado repetidamente las solicitudes del sultán para que vuelvas a Qurhah a convertirte en su esposa, ¿verdad?

–¿Y qué si lo he hecho?

Muy a su pesar, Sara se sintió afectada por la mirada de indiferencia que le dedicó Suleiman.

–Si lo has hecho, te has comportado muy imprudentemente.

Sus palabras contenían una amenaza implícita que hizo que a Sara se le helara la piel a la vez que Alice dejaba escapar un gritito de asombro. Se volvió a mirarla, esperando ver una expresión horrorizada en el rostro de la moderna joven con el pelo rosa y la ceñida falda corta que vestía. No estaba bien que los hombres hablaran así, ¿no? Pero en lugar de horror, lo que vio en el rostro de la joven bohemia fue una arrebatada adoración por Suleiman.

Sara tragó saliva. Obviamente, la serenidad saltaba por la ventana cuando se tenía a un hombre moreno y de un metro noventa en la oficina rezumando testosterona. ¿Por qué no iba a reaccionar así Alice ante la presencia de un hombre como ningún otro que hubiera conocido? A pesar de todos los tipos atractivos que trabajaban en la empresa de publicidad de Gabe

Steel, ¿no sobresalía Suleiman Abd al-Aziz entre todos como una mancha de petróleo en un vestido de
lino blanco? ¿Acaso no redefinía con su mera presencia el concepto de la masculinidad y lo volvía cien veces más significativo?

Para ella, Suleiman siempre había tenido la habilidad de conseguir que cualquier otro hombre resultara insignificante, incluyendo príncipes y sultanes,
pero algo había cambiado en él. Percibía en él una
cualidad indefinible, pero peligrosa.

El afecto con que siempre la había tratado ya no
estaba allí. El hombre que había entrado y salido de
su infancia y le había enseñado a montar parecía haber sido sustituido por otro. No era exactamente odio
lo que veía en su expresión, pues esta implicaba que
ni siquiera la consideraba digna de una emoción tan
fuerte como el odio. Más bien la miraba como si
fuera un estorbo, un obstáculo, como si aquel fuera
el último lugar en que quisiera estar.

Pero sabía que solo podía culparse a sí misma por
ello. Si no se hubiera arrojado en sus brazos, si no
hubiera permitido que la besara y luego lo hubiera invitado en silencio a hacer mucho más que eso...

Trató de sonreír, aunque sin ninguna convicción.
Había hecho todo lo posible por olvidar a Suleiman
y lo que le hacía sentir, pero le había bastado con volver a verlo para revivir de inmediato aquellas emociones. Su corazón volvió a experimentar lo que en
otra época pensó que era amor, y volvió a sentir que
se le encogía dolorosamente al recordar que nunca
podría ser suyo.

Pero él nunca llegaría a saber aquello. Nunca adi-
vinaría que aún podía hacerle sentir así. No pensaba

darle la oportunidad de humillarla y volver a rechazarla.

—Ha sido todo un detalle por tu parte pasar a visi-
tarme, Suleiman, pero me temo que en estos momentos estoy bastante ocupada. A fin de cuentas, hoy es
Nochebuena.

—Pero tú no celebras las Navidades, Sara. Al menos,
no soy consciente de que lo hagas. ¿De verdad has
cambiado tanto como para adoptar hasta ese punto los
valores occidentales?

Suleiman no se molestó en reprimir una expresión
de evidente desagrado mientras miraba por encima
los carteles con las principales campañas publicita-
rias de la empresa y el pequeño abeto adornado y con
luces que ocupaba un rincón del despacho.

Sara bajó las manos a su regazo al notar horrorizada que habían empezado a temblarle. No quería que
Suleiman pensara que estaba asustada, aunque estuviera sintiendo algo muy parecido al miedo. Y no sabía muy bien si tenía más miedo de él o de sí misma.

—Estoy realmente ocupada —dijo—, y Alice no tiene
por qué escuchar...

—Alice no tiene que escuchar nada porque está a
punto de irse para que podamos hablar en privado —la
interrumpió Suleiman, que a continuación dedicó una
sonrisa a la joven—. ¿Verdad, Alice?

Sara notó que Alice casi se derritió bajo el impacto de aquella sonrisa. Incluso se ruborizó, algo increíble.

—Por supuesto —Alice agitó las pestañas de un
modo muy poco característico en ella—. Aunque antes
podría traerles una taza de café...

—No me apetece un café —dijo Suleiman, y Sara se

preguntó cómo se las habría arreglado para hacer que pareciera que estaba hablando de sexo–. Aunque seguro que el que preparas es excelente –añadió con una sonrisa.

–Alice trae el café de la cafetería de abajo –le espetó Sara–. No creo que pensara viajar expresamente a Brasil a traerlo.

–Entonces son los brasileños los que se lo pierden –murmuró Suleiman.

Sara habría podido gritar al escuchar aquello y ver cómo sonreía Alice de oreja a oreja.

–Eso es todo, Alice –dijo secamente–. Ya puedes irte a casa... y que tengas una feliz Navidad.

–Gracias –dijo Alice, claramente reacia a irse–. Nos vemos el año que viene. ¡Feliz Navidad!

Se produjo un completo silencio mientras la joven tomaba su enorme bolso, cargado con uno de los grandes y caros regalos que les había dado aquella mañana Gabe Steel, su jefe. En cuanto Alice desapareció, Suleiman se volvió hacia Sara con una mirada dura y burlona.

–Así que estás hecha toda una ejecutiva, ¿no, Sara?

Sara odió el efecto que le produjo escucharle decir su nombre. Le recordaba demasiado a la ocasión en que la besó, cuando se pasó de la raya e hizo lo único que les estaba prohibido a ambos.

El recuerdo fue tan vívido y real como si hubiera sucedido el día anterior. Fue la noche en que Haroun, el hermano de Sara, fue coronado rey de Dhi'ban, un día que muchos pensaban que nunca llegaría debido a las volátiles relaciones entre los estados del desierto. Todos los dignatarios de los países vecinos asistieron a la ceremonia, incluido el infame sultán del cercano Qurhah y su emisario jefe, Suleiman.

Sara recordaba haberse mostrado fría y evasiva con el sultán, al que estaba prometida. Pero ¿quién podría haberla culpado por ello? Aquel compromiso había sido el precio a pagar para que su país fuera rescatado económicamente. En esencia, había sido vendida por su padre como una mercancía humana.

Aquella noche apenas miró al sultán, pero su negligente actitud pareció divertir más que irritar al potentado. Además, pasó casi todo el tiempo manteniendo reuniones con los demás jeques y sultanes.

Pero Sara estaba anhelando volver a ver al emisario del sultán. Le había encantado saber que iba a volver a ver a Suleiman después de los seis años que había pasado en un internado inglés. Suleiman, que le enseñó a montar y le hizo reír mucho durante aquellos dos largos veranos en que su padre estuvo negociando el rescate económico de su país. Dos veranos que ocupaban un lugar muy especial en su corazón, a pesar de que en el último de estos quedó sellado su destino marital.

Durante los fuegos artificiales que siguieron a la coronación logró situarse junto a Suleiman para verlos. Hacía una noche cálida y despejada y, entre explosión y explosión, la conversación entre ellos fue tan fácil como siempre, aunque al principio Suleiman pareció realmente sorprendido por el cambio experimentado por Sara durante aquellos seis años.

—¿Cuántos años tienes ahora? —preguntó tras mirarla de arriba abajo un largo momento.

—Dieciocho años —Sara sonrió para ocultar el dolor que le produjo que Suleiman no recordara su edad—. Ya soy mayorcita.

–Mayorcita –repitió él lentamente, como si hubiera dicho algo que nunca se le había pasado por la cabeza.

La conversación tocó otros tópicos, aunque la expresión de curiosidad no abandonó la mirada de Suleiman. Le preguntó por su vida en el internado y Sara le explicó que planeaba asistir a una escuela de arte.

–¿En Inglaterra?

–Por supuesto. No hay nada parecido aquí, en Dhi'ban.

–Pero Dhi'ban no es lo mismo si tú no estás aquí, Sara.

Fue un comentario inesperado y emocional por parte de Suleiman, y tal vez aquello fue lo que impulsó a Sara a alzar una mano para tocarle la mejilla.

–¿Y eso es bueno o malo? –bromeó.

Se miraron un momento y Sara notó cómo se tensaba Suleiman antes de retirarle la mano de su rostro. La mirada que le dedicó hizo que experimentara un intenso anhelo. El normalmente autoritario Suleiman parecía paralizado a causa de la indecisión y negó con la cabeza como tratando de negar algo. Y entonces, casi a cámara lenta, inclinó la cabeza para rozar con sus labios los de Sara.

Fue como todos los libros decían que debía ser.

El mundo de Sara se transformó en algo mágico cuando sus labios se encontraron. Entreabrió los labios bajo los de Suleiman, que la rodeó con las manos por la cintura para atraerla hacia sí. Cuando sus pechos presionaron contra el de él, oyó que gruñía y sintió la creciente tensión de su cuerpo cuando deslizó las manos hasta dejarlas apoyadas en sus nalgas.

–Oh, Suleiman –susurró contra su boca... y sus palabras debieron de romper el embrujo, porque de pronto Suleiman la apartó de su lado y la mantuvo a distancia.

Durante un largo momento se limitó a mirarla, con la respiración agitada y aspecto de haberse sentido afectado por algo muy profundo, algo que despertó una pequeña llama de esperanza en el corazón de Sara. Pero, de pronto, aquella expresión se transformó en otra de evidente autodesprecio.

–¿Es así como te comportas cuando estás en Inglaterra? –preguntó en un tono cargado de veneno–. ¿Eres capaz de ofrecerte como una prostituta estando prometida con el sultán? ¿Qué clase de mujer eres, Sara?

Aquella era una pregunta que Sara no podía responder porque no conocía la respuesta. No esperaba haber besado a Suleiman, y menos aún haber reaccionado como lo había hecho. No esperaba haber anhelado que la acariciara como nunca la habían acariciado y, sin embargo, Suleiman la estaba mirando como si hubiera hecho algo innombrable. Profundamente avergonzada, giró sobre sus talones y se alejó corriendo, con los ojos llenos de lágrimas.

El recuerdo se desvaneció y Sara se encontró de nuevo en el presente, contemplando los burlones ojos de Suleiman, que esperaba alguna clase de respuesta a su pregunta.

–No creo que el trabajo de un ejecutivo consista en trabajar de creativo en una agencia de publicidad.

–Eres «creativa» en muchos terrenos, especialmente en tu forma de elegir la ropa, reveladoramente occidental.

Sara fue intensamente consciente del vestido de punto que le llegaba hasta medio muslo, y las botas altas cuyo suave cuero se curvaba sobre sus rodillas.

–Me alegra que te guste –dijo displicentemente.

–No he dicho que me gustara. De hecho, la desapruebo, y seguro que el sultán pensaría lo mismo. Tu vestido es ridículamente corto, aunque supongo que eso es a propósito.

–Todas las mujeres usan faldas cortas por aquí, Suleiman. Es la moda.

–No he venido aquí a hablar de tu ropa, ni de tu forma de hacer ostentación de tu cuerpo ¡como la desvergonzada que ambos sabemos que eres!

–¿Ah, no? Entonces, ¿por qué estás aquí?

–Creo que ya conoces la respuesta a eso, pero ya que pareces tener problemas para cumplir con tus responsabilidades, tal vez convenga que te lo aclare para que no haya más dudas. No puedes seguir ignorando tu destino, porque ha llegado el momento de que se cumpla.

–¡No es mi destino!

–He venido para llevarte a Qurhah para que te cases –dijo Suleiman con frialdad–. Tienes que cumplir la promesa que hizo tu padre hace muchas lunas. Fuiste vendida al sultán y el sultán te quiere a su lado. Está empezando a impacientarse y quiere que se cumpla la alianza entre vuestros dos pueblos para que haya una paz duradera en la región.

Sara se quedó paralizada. Sintió que su frente se cubría de sudor frío y, por unos instantes, temió desmayarse. Había querido creer que la negra nube que pendía sobre su futuro se desvanecería si la ignoraba el tiempo suficiente, pero, al parecer, no había sido así.

–Supongo que no hablarás en serio –debía encontrar en su interior la fuerza necesaria para oponerse al ridículo régimen que compraba mujeres como si fueran simples objetos de deseo alineados en una estantería–. Pero, aunque estés hablando en serio, no pienso volver contigo, Suleiman. Ni hablar. Ahora vivo en Inglaterra y me considero ciudadana inglesa, con la libertad de elección que ello conlleva. Y nada de lo que puedas decir o hacer me impulsará a ir a Qurhah. No quiero casarme con el sultán y no pienso hacerlo. Y tú no puedes obligarme.

–Espero hacer esto sin peleas, Sara –Suleiman habló con aparente suavidad, pero a nadie se le habría pasado por alto el acerado tono de sus palabras.

–¿Acaso crees que voy a aceptar dócilmente tus planes? ¿Que voy a limitarme a asentir y a acompañarte a Qurhah?

–Espero que sí, ya que eso sería lo más razonable para todos los implicados.

–Ni en sueños, Suleiman.

Se produjo un momentáneo silencio mientras Suleiman contemplaba el beligerante brillo de los ojos de Sara. Apretó los puños. ¿Acaso esperaba que aquello fuera fácil?

No, claro que no. Había sabido desde el principio que aquella iba a ser la misión más difícil de su vida, a pesar de que conocía el campo de batalla, había sido torturado y había vivido situaciones realmente duras. Quiso renunciar a la misión alegando toda clase de motivos. Le había dicho al sultán que estaba muy ocupado con su nueva vida, algo que era totalmente cierto. Pero la lealtad y el afecto que aún sentía por su antiguo jefe resultaron demasiado persuasivas. ¿Y quién más poseía la determinación necesaria para llevar de vuelta a la batalladora Sara Williams para que se casara con el sultán? ¿Quién más la conocía como él?

–Hablas con tal insolencia que solo puedo deducir que estás bajo la influencia de los dudosos valores occidentales –le espetó.

–¿Te refieres a que me gusta la libertad? –preguntó Sara con ironía.

–Más que de libertad se trata de falta de respeto –Suleiman respiró profundamente y se esforzó en sonreír–. Escucha, Sara, entiendo que necesitabas... ¿cómo lo llamáis las mujeres? Ah, sí, «encontrarte a ti misma». Afortunadamente, los machos de la especie no suelen perderse, y por tanto no suelen tener que encontrarse.

–Arrogante, miserable pedazo de...

–Podemos hacer esto de dos formas –Suleiman interrumpió los insultos de Sara con palabras afiladas como cuchillas–. Por las buenas, o por las malas. Si te comportas razonablemente, como una mujer que no desea avergonzar a la familia real a la que pertenece, ni a la que pertenecerá después de casarse con el sultán, todo el mundo se quedará contento.

–¿Contento? –repitió Sara, incrédula–. ¿Acaso te has vuelto loco?

–No hace falta que te pongas histérica. Puede que ninguno de los dos queramos hacer juntos ese viaje a Qurhah, pero no veo motivo para que no podamos comportarnos como dos personas civilizadas si decidimos hacerlo.

–¿Civilizadas? –Sara se puso en pie con tal energía que volcó un recipiente de rotuladores que había en la mesa y cayeron al suelo. Pero no se molestó en recogerlos. Estaba demasiado irritada con Suleiman por el descaro que había tenido de acudir allí para comportarse como si fuera el dueño del lugar y decirle que debía volver para casarse con un hombre al que apenas conocía, que no le gustaba especialmente y al que, desde luego, no amaba–. ¿Y te parece civilizado hacer cumplir a una mujer una promesa de matrimonio hecha cuando era poco más que una niña?

–Fue tu padre quien aceptó ese matrimonio –dijo Suleiman en tono implacable–. Lo sabes muy bien.

–¡Mi padre no tuvo elección! En aquellos momentos estaba arruinado.

–Me temo que fueron su propia debilidad y tendencia al despilfarro lo que lo pusieron en esa situación. Y no hay que olvidar que fue el padre del sultán quien lo salvo de la ruina.

–¿Exigiendo a cambio mi mano para su hijo? –preguntó Sara–. ¿Qué clase de hombre haría algo así?

Sara notó que sus sentidas palabras habían afectado momentáneamente a Suleiman, que bajó la mirada. ¿Habría logrado hacerle ver lo absurdo de aquella exigencia en la época en que vivían? ¿Habría comprendido lo brutal que podía ser obligar a una mujer de veintitrés años a casarse en contra de su voluntad?

En otra época, Suleiman le había tenido mucho cariño. Lo sabía con certeza. Si se permitiera olvidar aquel absurdo beso, aquel único fallo que nunca debió suceder, probablemente volvería a encontrar en su corazón algún resto de aquel cariño. Seguro que no le agradaba la idea de que se produjera aquella primitiva unión.

–Los matrimonios dinásticos siempre han existido

–dijo Suleiman lentamente–. No será tan malo como te imaginas, Sara...

–¿En serio? ¿Y cómo lo sabes?

–Supone un gran honor casarse con un hombre como el sultán –contestó Suleiman, aunque tuvo que esforzarse para sonar convincente. Respiró pesadamente–. ¿Tienes idea de cuántas mujeres querrían ser su esposa? Tendrías el honor de ser la madre de sus hijos y herederos. ¿Qué más podría pedir una mujer?

Sara estaba tan enfadada que permaneció unos momentos en silencio. Aborrecía la mera idea de aquel matrimonio, pero, como Suleiman había dicho, ella había crecido en un mundo en el que aquellos «trueques» eran considerados normales. Llevaba tanto tiempo viviendo en Inglaterra que le costaba recordar que ella misma era una princesa real, que su madre inglesa se casó con un rey del desierto y que tuvo un hijo y una hija mucho más joven.

Si su madre hubiera estado viva habría impedido que aquel ridículo matrimonio llegara a celebrarse. Pero su madre llevaba mucho tiempo muerta, como su padre. Y ahora el sultán quería reclamar lo que era suyo por derecho.

Pensó en el hombre que la esperaba y se estremeció. Sabía que muchas mujeres lo consideraban un dios del sexo, pero ella no estaba entre ese grupo de mujeres. Durante los tres encuentros que habían tenido, en presencia de varias carabinas, por supuesto, no había sentido nada por él. Nada.

¿Habría tenido algo que ver en ello el hecho de que Suleiman hubiera estado presente en las tres ocasiones? Suleiman, con sus brillantes ojos negros y su poderoso cuerpo, que la distraía tanto que apenas podía pensar con claridad cuando lo tenía cerca.

–¿No afecta a tu conciencia forzar a una mujer a volver a Qurhah en contra de su voluntad? –preguntó con una mirada desafiante–. ¿Haces siempre todo lo que te dice el sultán sin cuestionártelo? ¡Eres su dócil marioneta!

–Ya no trabajo para el sultán.

Sara se quedó un momento mirándolo, incrédula.

–¿De... de qué estás hablando? El sultán te valora por encima de todos los demás hombres. Todo el mundo lo sabe.

–Ya no. He vuelto a mi propia tierra, donde pretendo llevar una clase de vida diferente.

Sara habría querido interrogarlo sobre la clase de vida a la que se refería, pero tuvo que recordarse que lo que hiciera Suleiman con su vida no era asunto suyo.

–Entonces, ¿por qué estás aquí?

–Estoy haciéndole un favor a Murat. Piensa que podrías suponer un reto demasiado fuerte para la mayoría de sus empleados.

–Pero no para ti, supongo.

–No para mí.

Sara habría querido decirle que borrara aquella petulante sonrisa de su rostro y se fuera si no quería que llamara a seguridad para que lo echaran, aunque sospechaba que nadie lograría echarlo si no quería irse.

Pensó en su jefe, Gabe Steel. ¿No haría que echaran a Suleiman si ella se lo pidiera? Pero, pensando en ello, ¿realmente quería pedir ayuda a su jefe? No quería estropear su impecable currículum profesional llevando los problemas de su vida privada al trabajo.

Tanto Gabe como el resto de sus colegas se quedarían asombrados si descubrieran que no solo era alguien llamada Sara Williams, sino también una princesa de un país del desierto llamado Dhi'ban, una princesa que había utilizado el parecido con su madre inglesa, además de su apellido, para adaptarse a un ambiente como el de Londres.

Obviamente, aquel no era el momento más adecuado para enfrentarse abiertamente a Suleiman. No tenía que despertar su suspicacia. Tenía que distraerlo, calmarlo, hacerle creer que había ganado, que iría con él... aunque no de un modo demasiado complaciente, o sospecharía que algo no andaba bien.

Se encogió de hombros como si se sintiera reacia a concederle la victoria y dejó escapar un resignado suspiro.

—Supongo que no servirá de nada que trate de hacerte cambiar de opinión.

Suleiman sonrió con frialdad.

—¿De verdad crees que podrías lograrlo?

—No, supongo que no —contestó Sara, como si su indiferencia no le importara, como si le diera igual lo que pensara de ella.

Pero en realidad se sentía como si alguien acabara de arrojar sus sueños al suelo para pisotearlos. Suleiman era el único hombre al que había deseado, el único al que había amado. Sin embargo, él la tenía en tan poca consideración que estaba dispuesto a entregarla a otro hombre como si fuera un paquete.

—No te pongas así, Sara —Suleiman entrecerró sus negros ojos—. Si abres un poco tu mente, tal vez descubras que va a ser posible disfrutar de tu nueva vida, que puedes ser una buena esposa. Tendrás hijos fuer-

tes e hijas preciosas y la gente de Qurhah se sentirá
feliz.

Sara creyó percibir un matiz de incertidumbre en
su voz, como si no se creyera del todo lo que estaba
diciendo. ¿Sería así, o sería cierto lo que se rumo-
reaba, que algo había endurecido su corazón hasta tal
punto que se había convertido en piedra, y por ello le
daban igual los sentimientos de las demás personas?

Pero los sentimientos de Suleiman no eran asunto
suyo. Le daban igual porque no podía permitirse
preocuparse por ellos. Necesitaba saber cuáles eran
sus planes y decidir cómo debía reaccionar.

–¿Y qué va a pasar ahora? –preguntó desenfada-
damente–. ¿Aviso aquí con un mes de antelación y
volamos a Qurhah a finales de enero?

Suleiman sonrió como si le hubiera hecho gracia
la pregunta.

–¿Crees que eres libre de seguir haciendo esperar
al sultán? Me temo que esos días han pasado. Volarás
a Qurhah esta noche. Y vas a salir ahora mismo de
este edificio conmigo.

Un intenso pánico se adueñó de Sara, pero hizo un
esfuerzo sobrehumano por sobreponerse.

–Yo... antes tendré que hacer el equipaje.

–Por supuesto –Suleiman inclinó su oscura cabeza, pero Sara tuvo tiempo de ver el repentino brillo de fuego que refulgió en su mirada–. Aunque dudo
que tu minifalda sea adecuada para tu futuro papel
de sultana. ¿Por qué molestarte en hacer el equipaje
si vas a contar con un vestuario mucho más adecuado?

–¡No estoy hablando solo de mi ropa! –protestó
Sara–. Supongo que podré llevarme mis baratijas y

mis recuerdos, ¿no? Las joyas que me dejó mi madre y el libro de mi padre que se publicó tras su muerte.

—De acuerdo. Eso puede arreglarse —dijo Suleiman con firmeza—. Y ahora, vámonos. Tengo un coche esperando abajo.

El corazón de Sara dejó de latir un instante. Por supuesto que tenía un coche esperando. Probablemente con un par de matones dentro. Aquello la reafirmó en su intención de escapar de sus manos cuanto antes.

—Antes tengo que acabar lo que estoy haciendo. No puedo irme así como así, sin dejar ordenado mi trabajo.

—¿Cuánto tiempo te llevará hacerlo? —preguntó Suleiman con expresión impenetrable.

—Unas cuantas horas.

—No pongas a prueba mi paciencia, Sara. Tienes dos horas. Estaré esperándote con mis hombres en tu apartamento —declaró Suleiman mientras se encaminaba hacia la puerta—. No te retrases —añadió antes de salir.

En cuanto escuchó el sonido que indicaba que el ascensor estaba bajando, Sara cerró la puerta del despacho y se acercó a uno de los enormes ventanales desde los que se divisaba el río. Sintió una dolorosa punzada en el corazón. Le había encantado trabajar allí. Había disfrutado enormemente de la libertad y creatividad que implicaba formar parte de la gran organización de Gabe Steel.

Quisiera o no, todo iba a acabar.

¡Pero de eso nada! ¡Ni hablar! ¡De ningún modo!

Una idea empezó a tomar forma en su mente. Un plan tan audaz que tuvo que preguntarse si sería capaz de ponerlo en marcha. Pero ¿qué otra opción tenía? ¿Permitir que Suleiman se la llevara como un cordero al matadero? ¿Compartir la cama con el sultán, un hombre por el que no sentía nada?

Tomó el teléfono de la oficina en lugar de utilizar su móvil. Si tenían matones vigilándola, también era posible que le hubieran intervenido el teléfono. El director del departamento de contabilidad de la agencia le facilitó el número de varios periodistas sin hacer preguntas, y a Sara le temblaron los dedos cuando marcó el primer número. Lo más probable era que todo el mundo estuviera camino de sus casas para celebrar las fiestas, no como ella, cuya perspectiva eran unos hombres mal encarados esperándola para llevársela hacia un futuro que no deseaba.

–¿Diga?

Sara respiró profundamente antes de hablar.

–Sé que esto le va a parecer una locura, pero tengo una historia que podría interesarle –apretó el teléfono con fuerza mientras escuchaba–. ¿Detalles? Claro que puedo darle detalles. ¿Qué le parece el secuestro de una mujer que va a ser llevada en contra de su voluntad al país de Qurhah para que se case con un hombre con el que no quiere casarse? ¿Le gusta eso? He pensado que le interesaría...y es toda suya. Una exclusiva. Pero no tenemos mucho tiempo, y debo irme de Londres antes de las seis.

Capítulo 2

SULEIMAN aparcó de manera que el coche quedara semioculto bajo las sombras de los árboles, pero sin perder de vista el chalet. Los demás coches aguardaban discretamente aparcados a los lados del camino.

Apagó las luces. La lluvia caía a raudales contra el parabrisas. Permaneció un momento contemplando las ventanas iluminadas de la casa. Al ver la inconfundible silueta de Sara deambulando por el interior mientras cerraba las cortinas sintió una potente mezcla de enfado y satisfacción por haberla localizado. Pero además de aquellos sentimientos, una profunda inquietud recorría sus venas como un lento veneno.

Debería haberse negado a aceptar aquel trabajo. Debería haberle dicho a Murat que sus ocupaciones le impedían viajar a Inglaterra para ocuparse de la princesa.

Pero el sultán no pedía favores a muchos hombres, y los lazos de lealtad y gratitud que Suleiman tenía con él eran más profundos de lo que había anticipado. Habría dado cualquier cosa por evitar aquella tarea, pero acabó aceptando. Sin embargo, le había bastado con volver a echar un solo vistazo a Sara para comprender que no debería haber aceptado. Más le valdría haberse arrojado a las fauces de un león hambriento.

Recordó el sabor a miel de sus labios y su embriagador perfume a jazmín mezclado con pachulí.

Recordó el coqueto empuje de sus pechos bajo sus dedos, y la intensidad con que su cuerpo la deseó, un deseo frustrado que no lo abandonó durante meses.

Apretó con fuerza el volante. Las mujeres como Sara habían nacido para crear problemas, para hacer que los hombres las desearan y luego utilizar aquel poder sexual para destruirlos. La propia madre de Sara, una auténtica belleza en su época, había hecho caer al rey, que se había pasado la vida adorándola, tanto que apenas había notado que su país se deslizaba hacia una irremisible bancarrota.

Respiró profundamente y se obligó a apartar aquellos frustrantes pensamientos de su mente. Cuanto antes cumpliera con su cometido, antes podría irse y no volver a verla.

Salió sigilosamente del coche. Uno de los vehículos aparcado a cierta distancia dio un momento las luces. Hacía un tiempo atroz y, a pesar de que avanzó rápidamente hasta la puerta, en unos segundos estaba empapado.

Su expresión se endureció cuando alzó la mano para llamar a la puerta. Si Sara era mínimamente razonable, no respondería. En lugar de ello, llamaría a la policía local para decir que un intruso estaba llamando a la puerta de aquel aislado chalet en plena Nochebuena.

Pero estaba claro que no estaba siendo razonable, porque Suleiman escuchó unos pasos que se acercaban hacia la puerta y su cuerpo se tensó al ser recorrido por una descarga de adrenalina.

Sara abrió de par en par sus preciosos ojos de color violeta al verlo. Reaccionó rápidamente y trató de cerrar de nuevo la puerta, pero Suleiman fue más rápido y apoyó la mano en esta para impedírselo. Afortunadamente, Sara sí fue razonable en aquella ocasión y se apartó cuando Suleiman pasó al interior y cerró la puerta a sus espaldas.

Suleiman notó que Sara estaba demasiado anonadada como para contestar... como le pasaba a él, aunque por distintos motivos. Se había quitado la provocativa vestimenta que llevaba en la oficina y tenía el pelo suelto, pero los vaqueros y el jersey rosa que vestía, aunque no especialmente ceñidos, no lograban ocultar la magnificencia de su cuerpo.

Sabía que era un error, pero fue incapaz de no bebérsela con los ojos, como un hombre perdido en el desierto que acabara de encontrar una fuente de agua fresca. ¿Era consciente Sara de su belleza? ¿Del hecho de que parecía una diosa? Una diosa en vaqueros.

—¡Suleiman! —exclamó Sara cuando por fin recuperó la voz.

—¿Sorprendida?

—Y horrorizada —Sara le dedicó una mirada iracunda—. ¿Qué crees que estás haciendo entrando aquí como un matón?

—Teníamos una cita a las seis, pero, ya que son las ocho, sospecho que has decidido romperla. Eso es de muy mala educación, Sara. Sobre todo para una futura reina del desierto.

—No pienso convertirme en reina del desierto —re-

plicó Sara con firmeza–. Ya te he dicho que no tengo
intención de casarme, ni con Murat ni con nadie. Así
que ¿por qué hacer perder el tiempo a todo el mundo?
¿No podrías limitarte a regresar y decirle al sultán que
se olvide de todo el asunto?

Suleiman no pudo evitar sentir cierta admiración
por su desafiante actitud. No era habitual aquel comportamiento en una mujer del desierto y resultaba
magnífico observar su briosa rebelión. Pero no dejó
que se le notara.

–Tienes que explicarme por qué no has aparecido
cuando habíamos quedado.

–No creo que haya que ser muy listo para deducirlo. No me gusta que me presionen.

–Si creías que te iba a resultar fácil librarte de mí,
habrás comprobado que estabas equivocada. Pero
ahora estás aquí. Y yo también.

Sara lo miró especulativamente.

–Podría darte un buen golpe en la cabeza y salir
corriendo.

Suleiman trató de no sonreír, pero sus labios se
curvaron ligeramente.

–Si lo hicieras, caerías en brazos de los hombres que
tengo apostados fuera –dijo mientras se quitaba el empapado abrigo y lo colgaba en el perchero de la entrada.

–¡No recuerdo haberte dado permiso para que te
quites el abrigo! –le espetó Sara.

–No necesito tu permiso.

–¡Eres inaguantable!

–Eso nunca lo he negado.

–¡Oh! –evidentemente frustrada, Sara giró sobre
sí misma y se encaminó a una habitación en la que
había un fuego encendido.

Suleiman la siguió y se quedó un momento mirando a su alrededor.

–¿De quién es este chalet?

–De mi amante.

–Déjate de bromas conmigo –replicó Suleiman con aspereza–. No estoy de humor.

–¿Y cómo sabes que es una broma?

–Espero que sea así, porque, si pensara que es cierto, buscaría a ese supuesto amante y lo desmembraría sin pensármelo dos veces.

Sara tragó saliva al captar la indudable sinceridad de las palabras de Suleiman, y tuvo que recordarse que no eran los celos los causantes. Solo había dicho aquello por la lealtad que sentía hacia el sultán.

Había sido muy ingenua creyendo que no la localizaría allí. Cuando Suleiman se empeñaba en algo, no paraba hasta lograrlo. Por eso le había encargado el sultán aquella tarea.

Había conducido hasta allí sin pensar realmente en las consecuencias de sus actos, y no solo para huir de su futuro, sino también de aquel hombre. El hombre que la rechazó pero que aún podía lograr que su corazón latiera de deseo y anhelo.

Pero la expresión de Suleiman era fría como una máscara de piedra. Era evidente que sus sentimientos por ella no habían cambiado desde la noche en que la besó para luego rechazarla. ¿Cómo iba a ser capaz de pasarse horas viajando con él hacia un oscuro e insoportable destino?

–El chalet es de mi jefe, Gabe Steel –dijo finalmente–. ¿Cómo me has encontrado?

–No ha sido difícil. No olvides que he dado caza a presas mucho más elusivas que tú. Lo que ha alertado mis sospechas ha sido la facilidad con que has aceptado. Sospechaba que tratarías de huir, así que he esperado escondido y te he seguido hasta el aparcamiento.

—Vivo en Inglaterra y llevo una vida inglesa, Suleiman. Aquí los hombres no se ocultan en las sombras para seguir a mujeres que no quieren ser seguidas. Podrían arrestarte por acoso, sobre todo si mi jefe supiera que me estabas acechando.

—No lo creo, porque nadie puede verme cuando no quiero ser visto —dijo Suleiman en tono arrogante—. Deberías haber supuesto que era inútil tratar de escapar, así que ¿por qué intentarlo? ¿De verdad creías que ibas a salirte con la tuya?

—¡Vete al diablo!

—No pienso irme a ningún sitio sin ti.

Sara no soportaba el implacable tono de Suleiman, ni la frialdad de su duro rostro. De pronto quiso provocarlo, hacerle reaccionar para sentir que estaba tratando con un persona de verdad, y no con un bloque de granito.

—Estaba aquí esperando a mi amante —dijo en tono provocador.

—No te creo.

—¿Y por qué no? ¿Tan repulsiva te parezco que no puedes imaginarte que un hombre quiera meterme en su cama?

Suleiman permaneció un momento en silencio, diciéndose que no debía caer en la obvia trampa que trataba de tenderle Sara. Quería irritarlo. Quería hacerle admitir algo que no estaba preparado para admitir ni ante sí mismo. Debía concentrarse en los hechos, y no en aquella belleza rubia de insinuantes curvas que la

Naturaleza debía de haber creado para enloquecer a los hombres.

–Creo que ya conoces la respuesta a esa pregunta, y no pienso halagar tu ego respondiéndote. Tu atractivo no es discutible, pero pareces estar sugiriendo que tu virtud sí.

–¿Y qué si lo es? Pero no pienso darte explicaciones, y tampoco estoy dispuesta a aceptar tus órdenes. ¿Quieres saber por qué?

–En realidad, no –dijo Suleiman en tono aburrido.

–Yo creo que sí –Sara se humedeció los labios con la lengua y luego sonrió–. Puede que te interese saber que entre tu irrupción en mi despacho y que me siguieras hasta aquí he hablado con un periodista.

Suleiman entrecerró los ojos.

–Espero que eso sea una broma.

–No lo es.

Se produjo otro momento de silencio antes de que Suleiman volviera a hablar.

–¿Y qué le has contado al periodista?

–Le he dicho la verdad. Pero no hace falta que te asustes, Suleiman. A fin de cuentas ¿quién en su sano juicio pondría objeciones a la verdad?

–Aclaremos algo –dijo Suleiman, casi escupiendo las palabras–. No estoy asustado, de nadie ni de nada. Creo que corres el peligro de confundir mi enfado con el miedo, aunque probablemente harías bien en sentir miedo tú. Porque, si el sultán averigua que has hablado con la prensa occidental, las cosas podrían ponerse muy feas. Así que voy a volver a preguntártelo, y esta vez quiero una respuesta clara y directa. ¿Qué le has dicho exactamente al periodista?

Sara sintió que su valentía flaqueaba ante la intensidad de la negra mirada de Suleiman, pero no pensaba dejarse intimidar. Había trabajado muy duro y mucho tiempo para forjarse una nueva vida como para permitir que aquellos poderosos hombres la controlaran. No pensaba permitirles que destrozaran su espíritu.

Incluso su propia madre, que se casó con un rey del desierto al que amó, se sintió aprisionada por las antiguas normas reales que no habían cambiado durante siglos y que probablemente no cambiarían nunca. Sara había sido testigo directo de que a veces no bastaba solo con el amor. ¿Y qué probabilidades podría tener un matrimonio sin amor?

La infelicidad de su madre fue la causa de la ruina de su padre y, en última instancia, también marcó el destino de Sara. Hasta que fue mayor no supo que la obsesión de su padre por su esposa inglesa fue la causa de que descuidara el gobierno de su país. La reina era su posesión más preciada y nada más existía para él. El descuido dio como resultado malas inversiones y una guerra fronteriza que duró demasiado y llevó a su país a la bancarrota. El último sultán de Qurhah aprovechó la circunstancia para ofrecerle una salida económica a cambio de que le ofreciera a Sara en matrimonio.

Cuando la reina murió y a Sara se le permitió acudir a un internado en Inglaterra, llegó a pensar que la deuda de su padre acabaría esfumándose con el paso del tiempo. Fue lo suficientemente ingenua como para creer que el sultán acabaría olvidando que tenía que casarse con él.

Sara parpadeó para alejar las lágrimas y trató de ignorar la fiera expresión de Suleiman. No pensaba permitir que le hiciera sentirse culpable, cuando lo único que trataba de hacer era salvar el pellejo. Además, en último extremo, le estaría haciendo un favor al sultán, pues el ego de un hombre tan poderoso se vería dañado si su futura esposa acudiera al altar gritando y dando patadas para tratar de escapar.

–Estoy esperando a que me ilumines –dijo Suleiman en tono amenazante–. ¿Qué le has dicho al periodista?

–Le he dicho todo.

–¿Todo?

–Sí, todo. Me ha parecido que sería una buena historia para una época del año en que tradicionalmente no hay noticias interesantes en la prensa y...

–¿Qué le has dicho? –repitió Suleiman sin ocultar su creciente irritación.

–¡Le he dicho la verdad! Que soy una princesa medio inglesa y medio dhibanesa. Ya sabes cómo son los periodistas; ¡les encanta cualquier cosa relacionada con la realeza! Sara se esforzó por sonreír burlonamente, sabiendo que aquello irritaría aún más a Suleiman y preguntándose si solo sería un vano intento de reprimir su deseo por él. Porque, si lo era, no estaba funcionando–. Le he contado que mi madre viajó a Dhi'ban como pintora para plasmar en sus lienzos los preciosos y mágicos paisajes del desierto, y que mi padre, el rey, se enamoró de ella.

–¿Y por qué has considerado necesario contar la historia de tu familia a un perfecto desconocido?

–Solo le he dado un esbozo del argumento. Todo el mundo sabe que hace falta una buena historia si se quiere escribir un artículo entretenido.

–Estás poniendo a prueba mi paciencia, Sara. ¡No tienes derecho a divulgar esas cosas!

–¿Crees que al sultán le importará que lo haya hecho? –preguntó Sara inocentemente–. Estamos hablando de matrimonio, Suleiman, y se supone que las bodas son acontecimientos felices, ¡pero no pueden serlo cuando la novia ha sido secuestrada! Debo decir que el periodista se ha quedado muy sorprendido cuando le he dicho que mi opinión no cuenta para nada en ese matrimonio. En realidad, más que sorprendido, se ha quedado completamente conmocionado.

–¿Conmocionado?

–Umm... Creo que le ha parecido totalmente abominable que el sultán de Qurhah quisiera casarse con una mujer que había sido vendida por su propio padre.

Suleiman apretó los puños.

–Esas son las costumbres del mundo en que creciste –dijo con firmeza–. Nadie elige las circunstancias de su nacimiento.

–Eso es cierto, pero no tiene por qué significar que seamos eternamente prisioneros de esa circunstancia. ¡Podemos utilizar todos los medios a nuestro alcance para cambiar nuestro destino! ¿Aún no has comprendido que eso es cierto, Suleiman?

–¡No!

–¡Pues lo es! –replicó Sara apasionadamente–. ¡Sí y mil veces sí! –el corazón de Sara latió con más fuerza al ver algo en la expresión de Suleiman que hizo que el estómago se le volviera gelatina.

El simple enfado no habría hecho que agitara la cabeza como tratando de liberarse de algún pensamiento inconfesable. Cuando dio un paso hacia ella, Sara pensó que estaba a punto de tomarla en sus brazos como lo hizo la noche de la coronación de su hermano.

¿Y acaso no deseaba ella que lo hiciera y llevara aquel impulso hasta sus últimas consecuencias? Estaban solos y, si quería, podía tumbarla allí mismo, sobre la alfombra, delante del fuego...

Pero Suleiman no la tocó. Permaneció tentadoramente cerca de ella mientras sus ojos parecían destellar fuego.

–Debes aceptar tu destino como yo he aceptado el mío –murmuró.

–¿Y aceptar tu destino incluía besarme la noche en que mi hermano fue coronado a pesar de saber que estaba prometida a otro?

–¡No digas eso!

El tono de Suleiman fue casi de impotencia, un tono que Sara jamás le había oído, ni siquiera cuando regresó de sus misiones secretas en el ejército de Qurhah, pesando treinta kilos menos y con una larga cicatriz en el cuello. Se decía que había sido torturado, pero, si fue así, él nunca lo contó, al menos a ella. Sara recordaba haberse sentido muy conmocionada por su aspecto, y en aquellos momentos tuvo una sensación semejante. Aquel no parecía el Suleiman que conocía desde hacía tanto tiempo. Era como estar mirando a un desconocido. Un imponente y reprimido desconocido. ¿De verdad había creído que había estado a punto de besarla?

–No vamos a volver a hablar nunca más de esa noche.

–Pero lo que he dicho es cierto, ¿no? No te pusiste tan moralista cuando me acariciaste como lo hiciste.

–Porque la mayoría de los hombres habría preferido morir antes que resistirse a ti aquella noche –admitió Suleiman con amargura–. Y yo elegí no morir. Llevaba seis años sin verte y de pronto te vi, con tus grandes ojos pintados y tu vestido plateado, brillando como la luna.

Suleiman cerró los ojos brevemente, porque aquel beso no se pareció a ningún otro, por mucho que hubiera tratado de negárselo a sí mismo. Y no había tenido solo que ver con el sexo o el deseo. Había sido mucho más poderoso, e infinitamente más peligroso, porque, en aquellos momentos, hacerlo le resultó tan necesario como respirar. Pero aquello hizo que se enfadara mucho consigo mismo, porque había perdido el control. Hasta aquel momento solo había tratado a la joven princesa con una indulgente amistad. Lo que sucedió aquella noche fue una completa sorpresa para él. Tal vez por eso había sido el beso más inolvidable de su vida.

–¿No te diste cuenta de cuánto te deseé aquella noche a pesar de que estabas prometida al sultán? ¿No eras consciente de tu poder?

–Así que fue culpa mía, ¿no?

–No fue culpa tuya ser tan bella como para poder poner a prueba la paciencia de un santo. No culpo a nadie excepto a mí mismo por mi imperdonable debilidad. Aunque esa debilidad no volverá a repetirse nunca. Pero sí te considero culpable de haber concedido una entrevista que afectará negativamente a la reputación del sultán.

–En ese caso, dile que me libere de la promesa que hizo mi padre –dijo Sara con sencillez–. Por favor, Suleiman.

Suleiman miró los grandes ojos violetas de Sara

y, por un instante, su voluntad estuvo a punto de fla-
quear. ¿Acaso no era un auténtico crimen ver a la bella y animosa Sara obligada a casarse con un hombre
al que no amaba? ¿Realmente podía imaginársela tumbada en la cama y sometiéndose a los deseos y abrazos de un hombre al que aseguraba no desear? Pero
Murat era conocido como un amante legendario y,
aunque le ponía enfermo pensar en ello, no era probable que Sara permaneciera inmune a él durante
mucho tiempo.

—No puedo hacerlo —contestó a pesar de sí mismo—.
No puedo permitir que rechaces al sultán; estaría in-
cumpliendo mi deber si lo hiciera. Es una cuestión de
orgullo.

—¿De orgullo? —repitió Sara, enfadada—. ¿Y si me
niego a permitirle que consume el matrimonio? —preguntó retadoramente—. ¿Qué pasará entonces? ¿No
acudirá a su harén para disfrutar con alguna otra?

Suleiman se contrajo como si lo hubiera golpeado.

—Esta conversación se está volviendo demasiado
inadecuada —dijo, enfadado—. Pero creo que harías
bien en pensar en cómo afectaría eso a tu hermano,
el rey, aunque sé que nunca te has molestado en visitarlo. Algunos de tus compatriotas llevan tiempo
preguntándose si el rey tiene realmente una hermana.

—Eso no es asunto suyo. Ni tuyo.

—Puede que no, pero harías bien en recordar que
Qurhah sigue proporcionando un apoyo económico
esencial para tu país. ¿Cómo se sentiría tu hermano
si el sultán decidiera retirar ese apoyo debido a tu
comportamiento?

—¡Eres un miserable! —siseó Sara.

—Tengo la piel lo suficientemente gruesa como

para que me afecten tus comentarios, princesa. Voy a entregarte al sultán, y nada me impedirá hacerlo. Pero antes quiero que me digas el nombre del periodista con el que has hablado.

–¿Y si no quiero? –replicó Sara, poniéndose en jarras.

–En ese caso lo averiguaré por mi cuenta –dijo Suleiman en un tono claramente amenazador–. ¿Por qué no me ahorras a mí el esfuerzo y a ti misma mi enfado?

–Eres una bestia. Una bestia egocéntrica.

–No, Sara. Solo quiero acallar la historia.

Sara experimentó una intensa frustración al comprender que Suleiman hablaba totalmente en serio y que estaba librando una batalla perdida.

–Se llama Jason Cresswell –dijo a regañadientes–. Trabaja para el *Daily View*.

–Bien. Parece que empiezas a comportarte con un poco de sentido común. Puede que acabes por aprender que la cooperación es infinitamente preferible a la rebelión. Y ahora vete mientras hablo con él en privado –añadió Suleiman a la vez que sacaba su móvil del bolsillo–. Ve a ponerte el abrigo, porque en cuanto termine con el periodista salimos para el aeropuerto, donde espera un avión para llevarte a tu nueva vida en Qurhah.

Capítulo 3

EL TIEMPO era bueno y el avión era muy confortable, pero Suleiman no pudo dormir. Llevaba despierto las siete horas que habían transcurrido desde el despegue, atormentado por lo que estaba haciendo.

Sintió que se le encogía el corazón. ¿Qué estaba haciendo?

Iba a entregar a una mujer a un hombre al que no amaba.

Una mujer que quería para sí mismo.

Se movió inquieto en el asiento, lamentando no tener otro lugar al que mirar que no fuera a la dormida Sara. Podría haberse ido a la cabina con los pilotos, pero no era capaz de apartar los ojos de ella.

Había cumplido la primera parte de su tarea teniendo a Sara a bordo del avión, pero le habría gustado poder librarse del sentimiento de culpabilidad que estaba experimentando.

Sara se había empapado en el trayecto del chalet al coche porque se había negado a protegerse bajo el paraguas que le ofreció. Durante el trayecto permaneció sentada a su lado, temblando, y él había tenido que hacer verdaderos esfuerzos para no estrecharla entre sus brazos para hacerle entrar en calor. Pero había jurado no volver a tocarla.

Nunca podría volver a tocarla.

Volvió de nuevo la mirada hacia ella.

Semitumbada en el amplio asiento del avión, con sus vaqueros y su arrugado jersey, tendría que haber parecido una mujer común y corriente, pero no era así. Suleiman sintió que se le encogía el corazón. Los esculpidos ángulos de su estructura ósea eran un indicio evidente de su linaje aristocrático, y sus pestañas eran naturalmente oscuras. Incluso su pelo rubio, despeinado, resultaba deslumbrante.

Era preciosa.

La mujer más bella que había visto nunca.

Suleiman hizo un esfuerzo y apartó la mirada, pero sus atribulados pensamientos no lo abandonaron.

Conocía la reputación del sultán. Sabía que era un hombre carismático en lo concerniente a las mujeres, y que la mayoría de sus antiguas amantes anhelaban volver a estar con él. Pero Murat el Grande era un hombre del desierto y creía en el destino. Se casaría con la princesa que había sido elegida para él, pues hacer lo contrario habría supuesto renegar de un antiguo pacto. Se casaría con Sara y se la llevaría a su palacio sin pensárselo dos veces.

Suleiman se estremeció al tratar de imaginarse a Sara encerrada para siempre en el dorado mundo del sultán, y sintió que una terrible oscuridad le envolvía el corazón.

Al oír que Sara se movía en el asiento, se volvió a mirarla y se encontró mirando directamente sus ojos de color violeta oscuro. Ella se irguió y se apartó el revuelto pelo del rostro. ¿Sería consciente de que la había estado observando mientras dormía, y de que hacerlo había sido un acto increíblemente íntimo? ¿Le habría conmocionado averiguar que se había imaginado que le retiraba la manta de cachemira para tumbarse a su lado?

Sara alzó los brazos por encima de la cabeza para estirarse y en aquel momento pareció tan libre que Suleiman experimentó una nueva oleada de culpabilidad.

¿Cómo sería cuando las presiones y exigencias de su nueva posición como sultana le cortaran las alas? ¿Sería consciente de que no iba a poder llevar vaqueros nunca más, ni deambular anónimamente por las calles de Londres? ¿Sabría que aquella era la última ocasión en que se le iba a permitir estar a solas con ella?

—Estás despierta —dijo.

—Una observación realmente aguda —replicó ella mientras se pasaba los dedos por el pelo para tratar de dominarlo . El sultán debe de echar de menos tus perspicaces comentarios, Suleiman.

—¿Vas a dedicarte a ser impertinente el resto del viaje?

—Puede que sí.

—¿Crees que una infusión hará que mejore tu humor, princesa?

Sara se encogió de hombros, preguntándose si habría algo que pudiera mejorar su humor en aquellos momentos. Porque aquello se estaba convirtiendo a marchas forzadas en su peor pesadilla. Al entrar en el avión, los empleados del sultán no habían parado de hacerle reverencias. Había perdido la costumbre de que la trataran como a una princesa, y le resultaba incómodo que lo hicieran.

Pero lo peor no era que la estuvieran llevando en contra de su voluntad a casarse con un hombre al que no amaba. Lo peor de todo eran los estúpidos sentimientos que experimentaba cada vez que miraba a Suleiman, el anhelo de que relajara su tensa actitud y se limitara a besarla.

Podía imaginarse por qué se estaba comportando tan fríamente con ella, pero hacerlo no servía para aliviar el ardor que estaba consumiendo su corazón a pesar de toda su rabia y confusión.

–¿Qué tal ha ido tu «charla» con el periodista? –preguntó–. ¿Ha aceptado silenciar la historia?

–Sí –Suleiman le dedicó una mirada triunfante–. He logrado convencerlo de que tu historia solo era una versión exagerada de los naturales nervios de una futura esposa.

–Así que lo has sobornado para que no publique el artículo, ¿no?

Suleiman sonrió.

–Eso me temo.

Frustrada, Sara se apoyó contra los cojines y observó cómo alzaba la mano Suleiman para llamar la atención de una de las empleadas del avión, que acudió de inmediato a su lado. Era obvio que se sentía cómodo ejerciendo su poder. Se comportaba como si hubiera nacido siendo poderoso, algo que, al menos que ella supiera, no era así. Sabía que había estudiado con el sultán, pero aquello era todo lo que sabía, porque Suleiman era muy discreto respecto a su pasado. En una ocasión le dijo que los hombres más fuertes eran aquellos que mantenían su pasado oculto a la curiosidad de los demás y, aunque entendía la lógica de aquello, siempre le había molestado no saber más sobre él, sobre lo que le hacía reaccionar.

Tomó un sorbo de la fragante manzanilla que le había ofrecido la asistente de vuelo antes de dejar la taza para observar a Suleiman.

–¿Has dicho antes que ya no trabajas para el sultán?

–Así es.

–¿Y a qué te dedicas ahora? ¿No le molesta a tu nuevo jefe que hayas tenido que volar a Inglaterra para ocuparte de un encargo del anterior?

–No tengo jefe. No respondo ante nadie, Sara. Trabajo para mí mismo.

–¿Haciendo qué? ¿Ofreciendo servicios de secuestro de novias reacias?

–Poseo una refinería y varios pozos de petróleo muy lucrativos.

–¿Eres dueño de una refinería? –repitió Sara con incredulidad–. Supongo que será pequeña.

–En realidad, es bastante grande.

–¿Y cómo has podido permitirte algo así?

–Jugando a la bolsa.

–Oh, vamos, Suleiman. No puede ser tan sencillo como eso. Mucha gente juega a la bolsa, pero no todos acaban siendo dueños de una refinería.

Suleiman cometió el error de apoyarse contra el montón de cojines de seda que tenía a su espalda, lo que puso su mirada a la altura de los pechos de Sara. En lugar de detenerla en estos, como le habría gustado, la fijó en sus seductores ojos violetas.

–Los números se me han dado bien desde pequeño –explicó–, y cuando crecí me pareció algo muy creativo observar los movimientos del mercado y predecir qué podía pasar. Era una especie de pasatiempo muy absorbente y también muy rentable. Logré acumular una considerable fortuna a lo largo de los años, fortuna que invertí bien en acciones y comprando algunas propiedades aquí y allá.

–¿Dónde?

–Algunas en Samahan y otras en el Caribe. Pero buscaba algo más retador y, siguiendo los consejos de un geólogo que conocí en uno de mis viajes, mandé hacer algunas prospecciones en unos terrenos que hasta entonces habían sido considerados totalmente baldíos. Así conseguí unos de los pozos de petróleo más productivos de Oriente Medio. Tuve suerte –concluyó Suleiman con un encogimiento de hombros.

–¿Y teniendo todo ese dinero seguiste trabajando para el sultán? –preguntó Sara, desconcertada.

–¿Por qué no? Nada iguala la animación del mundo de la política, y siempre disfruté cumpliendo con mi papel de emisario del sultán.

Sara asintió lentamente.

–Hasta que un día algo te impulsó a dejarlo y a empezar por tu cuenta –dijo.

–Si no hubieras sido princesa, podrías haber sido detective –replicó Suleiman con ironía.

–¿Qué fue lo que te hizo tomar una medida tan drástica?

–¿No es normal y natural que un hombre tenga ambición? –preguntó Suleiman tras tomar un sorbo de su té–. ¿Que quiera ser su propio jefe?

–¿Qué fue? –repitió Sara, ignorando sus preguntas.

Suleiman sintió que se le tensaba el cuerpo. ¿Debería decírselo? ¿La verdad lo debilitaría ante sus ojos, o le haría comprender que aquella maldita atracción que crepitaba entre ellos nunca podría llegar a nada?

—Fuiste tú –dijo finalmente–. Tú fuiste el catalizador.

—¿Yo?

—Sí, tú. ¿A qué viene esa cara de sorpresa? ¿Aún no has aprendido que toda acción tiene su reacción, Sara? Piensa en ello. La noche que te ofreciste a mí...

—¡Cielo santo! ¡Pero si solo fue un beso! –protestó Sara.

—Fue más que un beso, y ambos lo sabemos. ¿O estás diciendo que si te hubiera empujado contra la pared del palacio para disfrutar más íntimamente de ti me habrías rechazado?

—¡Suleiman!

—¿Es eso lo que estás diciendo? –repitió él, que encontró profundamente satisfactorio el rubor de Sara, pues hablaba de una inocencia de la que ya empezaba a dudar. ¿Y no era mejor airear toda aquella amargura y frustración para poder dejarla atrás de una vez y superarla?

—No –contestó finalmente Sara, casi en voz baja–. ¿Cómo puedo negarlo?

—Me siento avergonzado –continuó Suleiman–. No tanto por lo que hice como por lo que habría querido hacer. Traicioné al sultán del peor modo imaginable, y ya no podía considerarme su más fiel servidor.

Sara le dedicó una mirada de profunda incredulidad.

—¿Así que fue un beso lo que te hizo renunciar a tu cargo?

Suleiman estuvo a punto de contarle el resto, pero se contuvo a tiempo. Si admitía que no soportaba

pensar en ella estando en brazos de otro hombre, que
le resultaba intolerable la idea de que se casara con
el sultán e imaginarse a este penetrando en la intimidad de su cuerpo, ¿no estaría revelando más de lo que
era seguro revelar? ¿No haría que la tentación resur-
giera de entre las sombras?

–Habría resultado imposible para mi seguir trabajando junto a tu flamante marido.

–Comprendo.

Y era cierto que Sara lo había comprendido, al
menos en parte. Las piezas del rompecabezas empezaban a tomar una forma coherente. Suleiman la había deseado. La había deseado de verdad. Y empezaba a sospechar que aún la deseaba. Tras su rígida
actitud hacia ella aún ardía algo. Prácticamente acababa de admitirlo.

¿No explicaba aquello por qué se tensaba tanto
cada vez que se acercaba a él? ¿Por qué se había oscurecido de forma tan evidente su mirada cuando la
había visto con su minifalda en la oficina? No era
precisamente por indiferencia, como se había imaginado.

Suleiman estaba tratando de ocultar el hecho de
que aún la deseaba.

Se humedeció instintivamente los labios y vio que
Suleiman seguía el movimiento de su lengua con la
mirada, como si se estuviera sintiendo impulsado a hacer algo en contra de su voluntad. ¿Y si utilizara el deseo de Suleiman en su propia ventaja? ¿Y si lo tentaba
hasta seducirlo y terminar lo que empezó tantos años
atrás? ¿No sería esa una forma de escapar? A Suleiman no se le ocurriría jamás entregarla al sultán después de haber mantenido relaciones íntimas con ella.

¿Podía hacerlo? ¿Sería capaz de hacerlo? No se consideraba ninguna experta en seducciones, desde luego, pero ¿hasta qué punto sería difícil seducir al único hombre al que había deseado de verdad?

Se puso en pie.

—¿Dónde está el baño?

—Por ahí —Suleiman señaló la parte trasera del avión.

Sara se irguió para tomar su bolso del portaequipajes y, cuando Suleiman hizo amago de ayudarla, negó con la cabeza en una firme muestra de independencia. Era posible que lo deseara, pero no lo necesitaba. No necesitaba a ningún hombre. ¿No era aquello lo que había buscado con su liberal estilo de vida en Londres?

—Soy perfectamente capaz de hacerlo yo sola —dijo antes de encaminarse hacia el baño.

Salió un rato después con el pelo recogido en un moño y vestida con una ropa más adecuada para el calor del clima desértico de Qurhah.

—¿Qué va a pasar cuando lleguemos? —preguntó cuando volvió a sentarse junto a Suleiman, aunque no lo miró a los ojos, pues le aterrorizaba que pudiera descubrir la subversiva naturaleza de sus pensamientos—. ¿Me dejarás en manos de algún guardia armado? ¿Me pondrán unas esposas?

—Vamos a aterrizar en una base militar. Así evitaremos la curiosidad que podría despertar tu llegada al aeropuerto internacional de Qurhah.

—O, más bien, por si trato de escaparme, ¿no?

—Pensaba que ya habíamos dejado atrás ese enfoque tan histérico del asunto —dijo Suleiman en tono displicente—. Y ya que hay amenaza de tormentas de arena en esta época, en lugar de en helicóptero viajaremos por medios más tradicionales hasta la residencia de verano del sultán.

—No estarás hablando de una anticuada caravana de camellos, ¿no? —preguntó Sara, sorprendida.

Suleiman sonrió.

—Pues sí. No es un medio muy utilizado hoy en día, pero los nómadas que viven aquí aseguran que sigue siendo el más eficiente.

—No he vuelto a viajar en caravana desde que era pequeña —Sara se volvió a mirar a Suleiman con los ojos brillantes de excitación—. Supongo que eso significa que también habrá caballos.

Suleiman sintió que algo le atenazaba la garganta. ¿Estaba mal que encontrara el rostro de Sara tan increíblemente cautivador, que su sonrisa le hiciera sentir que se derretía por dentro?

—Había olvidado cuánto te gusta montar.

—Pues no deberías haberlo olvidado, porque es gracias a ti por lo que monto tan bien.

—Fuiste una alumna ejemplar.

Sara inclinó la cabeza como reconociendo el repentino cese de hostilidades entre ellos.

—Gracias. Pero fueron tus lecciones las que me dieron confianza en mi habilidad.

—¿Sigues montando?

Sara negó con la cabeza.

—No hay muchos establos en medio de Londres, pero es algo que echo de menos.

—¿Y qué es en concreto lo que más echas de menos de montar?

Sara se encogió de hombros.

—Supongo que la sensación de libertad que tengo montando.

Sus miradas se encontraron y Suleiman vio la repentina nube que ensombreció la de Sara. Fue casi como si acabara de recordar algo, algo que hizo que su rostro adquiriera una nueva y decidida expresión. Observó cómo alisaba con una mano su blusa de seda por encima de sus pechos. ¿Por qué insistía en hacer aquello?, se preguntó, furioso. ¿Cómo iba a lograr dejar de pensar en su cuerpo? No podía seguir dejándose deslumbrar por sus ojos de color violeta, por su cuerpo. Debía pensar en ella solo como la futura mujer del sultán, el hombre por el que estaría dispuesto a dar la vida.

—Ya casi hemos llegado —dijo, aliviado por la distracción que supuso notar que el poderoso jet comenzaba a descender.

Su llegada a la base apenas había sido publicitada, ya que las celebraciones no comenzarían hasta el día de la boda. Suleiman observó la elegancia natural con que Sara bajaba la escalerilla del avión para luego avanzar ante la pequeña hilera de oficiales reunidos para recibirla. Pensó que podría convertirse en una sultana ejemplar, y se despreció por el profundo sentimiento de decepción que siguió a aquel pensamiento.

Después, Sara se detuvo y miró a su alrededor como si estuviera reencontrándose con la inmensidad y belleza del desierto. Suleiman captó la admiración de sus ojos cuando se volvió a mirar la hilera de camellos que aguardaban fuera del aeropuerto.

Una caravana de camellos normal podía consistir en ciento cincuenta animales, pero ya que aquella misión era meramente ceremonial, no había más de ochenta animales. Algunos portaban tiendas hechas con telas de variados colores y otros transportaban las provisiones necesarias para el trayecto. Varios jinetes recorrían la hilera de la caravana sobre magníficos caballos Akhal Teke, una de las mejores razas del mundo.

–Es espectacular, ¿verdad? –dijo Suleiman.

–Es más que eso. Creo que es una de las vistas más bellas del mundo –declaró Sara.

–Percibo auténtica pasión en tu voz, Sara. ¿Por qué no piensas en todo lo que te gusta del desierto y ves de forma más positiva las bellezas de la vida que serán tuyas cuando te cases?

–Porque no serán mías –replicó Sara al instante–. Todo pertenecerá a mi marido, ¡incluyéndome a mí! Ambos sabemos que la ley de Qurhah prohíbe que las mujeres posean cosas. Seré una mera figura de adorno, aburrida y atrapada, libre para comunicarme solo con mi marido y mis sirvientas. No sé cómo soporta esa clase de vida la hermana del sultán.

–La princesa Leila está muy satisfecha con su papel –dijo Suleiman.

Sara apretó los labios. No era aquello precisamente lo que había oído. Al parecer, en las famosas carreras Gold Cup que habían tenido lugar aquel año en Qurhah se la había visto cabizbaja y apesadumbrada. Pero no era asunto suyo sacar aquel tema a relucir.

–Probablemente tendré que insistir para que me dejen montar a caballo, y seguro que solo me permitirán hacerlo cuando no haya ningún hombre cerca, y solo si monto de lado.

–No tienes por qué aburrirte –argumentó Suleiman–. El aburrimiento solo es una cuestión de actitud. Podrías utilizar tu fortuna y buena salud para ocuparte de que Qurhah se convierta en un lugar mejor. Podrías hacer una labor muy importante en el terreno de las obras benéficas.

–Me encantará hacer eso, por supuesto. Pero ¿realmente debo verme condenada a aceptar un matrimonio sin amor simplemente porque mi país se endeudó?

Suleiman experimentó un terrible conflicto interior. El conflicto de creer lo que estaba bien y saber lo que estaba mal. El conflicto del deber contra el deseo. Lo que más deseaba del mundo en aquellos momentos era rescatar a Sara de su destino, poder decirle que no tenía por qué casarse con un hombre al que no amaba, para luego llevársela a algún rincón y desnudar su lozano y seductor cuerpo. Quería introducir un dedo entre sus piernas para sentir la floreciente humedad de su sexo mientras su cuerpo se preparaba para recibirlo en su interior. Quería morder sus pechos, dejar la oscura marca de sus dientes en ellos, de manera que ningún otro hombre pudiera tocarla...

Tuvo que hacer un esfuerzo titánico para apartar de su mente aquella tortura de pensamientos eróticos, pues sabía que solo podían llevarlo a la locura. Lo único que podía hacer era lo que había prometido hacer. En cuanto entregara a Sara al sultán la olvidaría, como había olvidado a todas las mujeres con las que se había acostado hasta entonces.

–Es tu destino, y no puedes escapar de él.

–¿Ah, no?

Fascinado, Suleiman vio que la rosada punta de la lengua de Sara emergía de entre sus labios y empezaba a deslizarla con delicadeza por su contorno en forma de arco de cupido. De pronto solo fue capaz de pensar en el exquisito brillo de aquellos labios.

–¿No se te ocurre ninguna otra solución para mi dilema? –preguntó inocentemente.

Por un instante, Suleiman estuvo a punto de caer en la locura que estaba rondando los bordes de su mente, de decirle a Sara que podían irse juntos y que estaba dispuesto a pasar el resto de su vida protegiéndola y haciéndole el amor, que podían tener un futuro juntos, con hijos y un auténtico hogar.

Agitó la cabeza como si estuviera saliendo de un inesperado sueño.

–La solución a tu dilema es que dejes de compadecerte de ti misma de una vez por todas y que empieces a pensar en positivo. Deberías estar muy agradecida por el hecho de ir a ser la esposa de Su Majestad Imperial. Y ahora será mejor que comencemos el viaje, porque el sultán estará impacientándose. Tu camello es el segundo de la fila.

–No pienso montarlo.

–¿Disculpa?

–Ya me has oído, y no te va a servir de nada ponerme esa cara –dijo Sara–. Quiero montar uno de esos maravillosos caballos.

–De eso nada.

–De eso todo –replicó Sara, testaruda–. O me dejas, o me negaré en redondo a montar en un camello, y me gustaría veros a cualquiera de vosotros tratando de obligar a montar en un camello a una mujer que no quiere montarlo. Además, tengo un par de pulmones realmente poderosos y dudo que gritar como una loca se considere un comportamiento adecuado para una princesa. Ya sabes cuánto cotillean los sirvientes.

Suleiman experimentó una creciente frustración al ver la fiera expresión de Sara.

–¿Pretendes ponerme en evidencia?

–No. Solo estoy diciendo que no tengo intención de pasar los próximos tres días sentada en un camello. Me mareo viajando en camello, y lo sabes.

–Te ha sido asignado el camello más fuerte y dócil de la caravana.

–Me da igual si además habla seis lenguas. Por favor, Suleiman. Déjame cabalgar. Me gusta ese bayo que está allí –dijo Sara a la vez que señalaba uno de los caballos.

–Antes me has dicho que hacía años que no montabas.

–Lo sé. Y por eso precisamente necesito practicar. Así que... o me dejas montar o me niego a seguir el viaje.

Al ver la obstinación que reflejaba la mirada de Sara, Suleiman supo que había perdido aquella batalla. La reputación de Sara se vería comprometida si tenía que obligarla a subir a un camello.

–Si acepto, tendrás que permanecer a mi lado todo el tiempo –dijo con firmeza.

–Si te empeñas, de acuerdo.

–Me empeño. Y no quiero que cometas ninguna temeridad. ¿Comprendido?

–De acuerdo.

Frustrado, Suleiman movió la cabeza mientras se preguntaba cómo se las iba a arreglar el sultán para tratar con una mujer tan testaruda.

Pero lo que más le preocupaba era saber cómo se las iba a arreglar él para pasar los siguientes dos días sin sucumbir a la tentación de hacerle el amor a Sara.

Capítulo 4

SARA dio un pequeño suspiro de satisfacción mientras se sometía a los cuidados de la sirvienta que la estaba atendiendo. Apoyó la cabeza contra el borde de la pequeña bañera en que estaba sumergida. Resultaba extraño que la estuvieran mimando así después de tanto tiempo. En el avión había decidido que no le gustaba que la trataran como a una princesa, pero eso no era totalmente cierto. Nadie podía negar que era maravilloso que la cuidaran así, sobre todo después de haber pasado el día cabalgando bajo el implacable sol del desierto.

Habían pasado horas viajando por las arenas del Mekathasinian hacia la residencia de verano del sultán, y hasta hacía unos minutos se había sentido muy cansada y acalorada. Pero según Suleiman habían avanzado mucho, ¿y acaso no había resultado maravilloso volver a montar después de tanto tiempo?

Había ignorado tercamente la sugerencia de Suleiman de que montara de lado. En lugar de ello había subido con ligereza a su preciosa montura y la había puesto al trote mientras Suleiman la vigilaba de cerca. Al cabo de un par de horas, a regañadientes, le había dejado cabalgar a medio galope. Sara sospechaba que estaba comprobando su habilidad como amazona, y debía de haber pasado la prueba, porque no había necesitado mucha persuasión para que aceptara echar una carrera con ella al galope.

Aquel rato había sido una auténtica maravilla...

Sara cerró los ojos mientras la sirvienta le frotaba el cuerpo con un paño para quitarle la arena. Aquel día había sido uno de los mejores que podía recordar... lo que era una completa locura. ¿Cómo era posible que una mujer en su situación pudiera sentir algún placer?

Sin embargo, la sensación de libertad de cabalgar con Suleiman bajo el sol del desierto había sido lo suficientemente poderosa como para hacerle olvidar que cada vez estaba más cerca de un destino que la horrorizaba.

Había sido fantástico volver a montar. Cuando habían echado la carrera se había quedado un tanto rezagada mientras se dirigían hacia la duna que habían elegido como meta. Al notarlo, Suleiman había frenado la marcha para ponerse a su altura.

–¿Te encuentras bien, Sara? ¿Estás cansada?

–Oh, estoy bien –contestó ella y, sin previa advertencia, espoleó a su montura y salió disparada hacia la duna.

Y por supuesto que llegó la primera a la duna, riendo ante la frustración y admiración que había en los negros ojos de Suleiman cuando la alcanzó.

–Pequeña tramposa –murmuró.

–Se llama táctica, Suleiman –replicó ella riéndose, incapaz de ocultar el placer que le había producido ganarle–. Solo táctica.

Solo después, con la relajación que suele seguir inevitablemente al ejercicio físico, sus pensamientos se habían calmado lo suficiente como para permitirle centrarse en lo inevitable.

El tiempo estaba pasando rápidamente, y pronto llegaría el momento en que no podría volver a estar a solas con Suleiman.

Aquel pensamiento era difícil de soportar. En pocas horas, todos los sentimientos que había reprimido durante tanto tiempo habían regresado con una fuerza inusitada. Suleiman era el único hombre por el que alguna vez había sentido algo, y así seguía siendo. No se podía creer hasta qué punto había subestimado el impacto que iba a producirle volver a estar con él.

Había planeado utilizarlo como medio para escapar, pero no había contado con la posibilidad de caer aún más profundamente bajo su embrujo, de imaginarse aún más enamorada de él, como lo había estado años atrás. ¿Acaso había olvidado el poder del corazón para anhelar lo imposible? ¿O había olvidado que Suleiman era el hombre de sus sueños?

Sin duda, montado a caballo tenía el aspecto de un sueño hecho realidad. Se había puesto su habitual vestimenta para el desierto y el resultado la había dejado sin respiración. Sara había olvidado lo bien que le podían sentar a un hombre aquellas flotantes ropas, y se había pasado casi todo el día tratando de no mirarlo, aunque sin demasiado éxito. La fluida tela se había ceñido a su cuerpo y había moldeado el poderoso empuje de sus muslos mientras se aferraba a los flancos del semental que montaba. Su tocado había flotado tras él como un pálido estandarte al aire mientras apretaba con firmeza los labios contra la nube de fina arena que se había alzado a su alrededor.

Sara se recostó de espaldas mientras la sirvienta

seguía lavándola con una mezcla de agua de rosas y jazmín. A continuación la ungiría con aceite de sándalo y entrelazaría su pelo con fragantes hojas procedentes del jardín del sultán para que, llegado el momento de ser presentada ante él, estuviera completamente perfumada.

Se estremeció al imaginarse al moreno potentado quitándole el vestido de novia antes de inclinar su poderoso cuerpo sobre ella.

No podía pasar por aquello.

No pensaba pasar por aquello.

Por el bien del sultán, y por el bien de todos, no debía convertirse en su esposa.

Y en el fondo sabía que la única forma de recuperar su libertad sería seduciendo a Suleiman.

Pero ¿cómo iba a lograrlo estando constantemente vigilada? Se decía que la mirada de los guardaespaldas era tan penetrante que podían captar a cien metros el más mínimo movimiento de una serpiente.

Ya estaba anocheciendo cuando salió de la tienda para ir a cenar. Contra el cielo azul cobalto, el enorme sol del desierto parecía una inmensa pelota de playa mientras se hundía lentamente en el horizonte. Recordó la semana que había pasado el año anterior en Ibiza, cuando, vestida tan solo con su bikini había jugueteado entre las olas con dos amigas del trabajo, disfrutando de la libertad con la que siempre había soñado. ¿Volvería a hacer algo así alguna vez? ¿Podría volver a ir tranquilamente a la cafetería cercana al trabajo a tomarse un café en su rato de descanso?

Las pulseras de campanillas que llevaba en los tobillos y las muñecas se agitaron según avanzaba. Aparte de sus cualidades decorativas, aquella era su función: advertir a otros que la prometida del sultán estaba cerca. En cuanto las oyeran, los sirvientes inclinarían sus cabezas y los varones apartarían rápidamente la mirada.

Todos excepto Suleiman.

Estaba de espaldas, hablando con uno de los guardias, pero debió de oírla llegar, porque se volvió a mirar y al instante entrecerró los ojos. Era imposible saber qué estaba pensando, pero sabía que no se había imaginado la repentina tensión que se adueñó de él al verla. Casi parecía estar preparándose mentalmente para superar una dura prueba.

Los guardias se esfumaron y, aunque los sirvientes aún merodeaban por allí, casi parecía que estaban solos bajo el cielo del atardecer, que no tardaría en dar paso al impresionante cielo estrellado de la noche.

Suleiman también se había cambiado para cenar. La oscura túnica roja de seda que vestía hacía que pareciera que él mismo formaba parte de la puesta de sol. Su pelo de color ébano estaba cubierto por un tocado sujeto en torno a su cabeza por una cinta plateada.

Sara sabía que no había sangre aristocrática en sus venas, pero en aquellos momentos parecía un auténtico rey.

Suleiman inclinó la cabeza mientras Sara se acercaba, pero no lo hizo con la suficiente rapidez como para ocultar el repentino destello de deseo que cruzó su mirada.

—Esta noche pareces una auténtica princesa del desierto —dijo.

—No sé muy bien si eso es un cumplido o no.

–Lo es –dijo Suleiman, que lamentó de inmediato su precipitada respuesta–. Indica que estás aceptando tu destino, al menos en apariencia. ¿Tienes hambre?

Sara asintió. Tener a Suleiman delante hacía que la idea de comer resultara intrascendente, pero también olía de maravilla. El conocido aroma a hierbas aromáticas y especias estaba consiguiendo que se le hiciera la boca agua.

–Estoy muerta de hambre.

Suleiman se rio.

–¿No dicen que una mujer hambrienta es una mujer peligrosa?

–¿Y no dicen también que algunas mujeres siguen siendo peligrosas incluso con el estómago lleno?

–¿Eso es una amenaza o una promesa?

Sara miró los negros ojos de Suleiman.

–¿A ti qué te gustaría que fuera?

Sara esperaba que Suleiman contestara en un tono igualmente burlón, pero su expresión se oscureció repentinamente y vio cómo tragaba saliva. Casi disfrutó de su evidente incomodidad, pero también era muy consciente de que tras aquellas bromas había un inconfundible matiz de deseo sexual. Quería derrumbar los muros que Suleiman había erigido a su alrededor, retirar los ladrillos con sus manos desnudas. Quería seducirlo para garantizarse la libertad, pero era algo más que eso. Quería seducirlo porque lo deseaba.

Nunca había dejado de desearlo.

Pero era muy consciente de que aquello nunca podría ser nada más que sexo. Si seducía a Suleiman luego tendría que ser fuerte para dejarlo, porque no podía haber un final feliz para aquello.

–Es hora de comer –dijo Suleiman con brusquedad a la vez que volvía la mirada hacia el sol, que podía leer con tanta precisión como un reloj.

Sara no dijo nada mientras avanzaban hacia la mesa que habían preparado para ellos. Probablemente, aquella falsa intimidad entre ellos era lo último que quería Suleiman, pero el protocolo era el protocolo, y no había otra alternativa.

Hacía mucho tiempo que Sara no disfrutaba de una comida en el desierto, experiencia que siempre tenía algo de cuento. Las siluetas de los camellos se recortaban contra el cielo, cada vez más oscuro y en el que ya empezaban a brillar algunas estrellas.

Sara se sentó en un montón de cojines y Suleiman ocupó el sitio que había frente a ella en la mesa baja iluminada con velas donde iban a servirles.

La comida que les sirvieron estaba deliciosa y Sara probó varios bocados seguidos, pero no tardó en perder el apetito. Resultaba complicado centrarse en la comida teniendo a Suleiman enfrente. Sabía que la estaba observando y también que debía abordar aquello con mucho cuidado. No se podía juguetear con Suleiman. No debía intentar seducirlo de forma obvia, sino que debía meterse subrepticiamente bajo su piel, sin que se diera cuenta.

–¿Eres consciente de que, a pesar de que te conozco hace años, sigues siendo un misterio para mí? –preguntó en tono desenfadado.

–Así es como prefiero que sean las cosas.

–Me refiero a que no sé nada de tu pasado –continuó Sara, sin dejarse inmutar.

–¿Cuántas veces te lo he dicho ya, Sara? Mi pasado es irrelevante.

–No estoy de acuerdo. Sin duda, nuestro pasado nos define. Es lo que nos convierte en lo que somos en el presente. Y nunca me has contado cómo conociste al sultán, ni cómo llegaste a ser su hombre de confianza. Cuando era niña me dijiste que no lo comprendería, y, cuando me hice mayor, bueno.... –Sara se encogió de hombros expresivamente. No hacía falta añadir que, una vez que la atracción sexual había asomado su poderosa cabeza entre ellos, cualquier clase de intimidad habría parecido peligrosa.

–Eso no tiene ninguna importancia –dijo Suleiman.

–¿De qué otra cosa podemos hablar? Ya que voy a ser la esposa del sultán, yo creo que sí tiene importancia. No sería lógico que no supiera nada sobre el pasado de quien fue el hombre de confianza de mi futuro marido durante tanto tiempo. Debes admitir que no es habitual que un hombre tan poderoso como el sultán confíe tanto en alguien que no pertenece a la aristocracia.

–No sabía que fueras tan esnob, Sara –dijo Suleiman burlonamente.

–No soy ninguna esnob. Solo quiero constatar algunos hechos. Es uno de los efectos de haber tenido una educación occidental. Me enseñaron a cuestionarme las cosas, a no aceptarlas a ciegas por temor a sufrir alguna reprimenda.

–En ese caso, puede que esa educación occidental no te haya sentado bien –dijo Suleiman antes de quedarse repentinamente quieto, con el tenedor suspendido en el aire–. Pero ¿qué estoy diciendo? –preguntó, casi para sí mismo–. Qué imperdonable por mi parte criticar tu educación y, haciéndolo, criticar el conocimiento en sí. Olvida que he dicho eso.

—¿Significa eso que vas a responder a mis preguntas?

—No, claro que no.

—Por favor...

Suleiman dejó escapar un suspiro de exasperación, pero Sara creyó percibir un destello de afecto en su mirada cuando bajó la voz y se puso a hablar en inglés, a pesar de que no había nadie lo suficientemente cerca como para escucharlo.

—Ya sabes que nací en la más absoluta pobreza, ¿no?

—Oí rumores, aunque nunca lo habría adivinado por tu porte y tu actitud general.

—Aprendo rápido. La adaptación al medio es la primera lección de la supervivencia, y te aseguro que para un pobre es más fácil asimilar el comportamiento de un rico que para un rico el de un pobre.

—¿Y cómo llegaste a entrar en contacto con el sultán?

En el momentáneo silencio que siguió a su pregunta, Sara creyó percibir un repentino ensombrecimiento del rostro de Suleiman, y también un destello de amargura.

—Crecí en un lugar llamado Tymahan, una pequeña y árida zona de Samahan donde la gente se gana a duras penas la vida trabajando la tierra. Ni siquiera antes de la guerra, cuando se derramó tanta sangre, era fácil sobrevivir allí. Pero tú, en tu lujoso palacio de Dhi'ban, nunca llegaste a conocer o experimentar esa dureza.

—No puedes culparme por el hecho de haber sido protegida como una princesa —protestó Sara—. ¿Habrías preferido que me hubiera cortado el pelo y me hubiera hecho pasar por un chico para poder ir a la guerra?

—No, claro que no.

—Pues sigue con tu historia —dijo Sara a la vez que se inclinaba instintivamente hacia delante.

—El padre del sultán estaba viajando por la región para constatar los efectos que había tenido la guerra y para asegurarse de que no quedaban reductos de insurrección. Por entonces mi madre había estado enferma y además de luto por la muerte de mi padre, que había sido asesinado en el inicio de las revueltas, lo que la hacía muy vulnerable —los labios de Suleiman se tensaron visiblemente a causa del dolor y la amargura que le producían aquellos recuerdos—. Para colmo, la zona sufrió el azote del hambre.

Sara no pudo evitar sentir una punzada de culpabilidad. A pesar de lo mucho que siempre se quejó por tener que interpretar su papel de princesa, jamás le faltó algo tan básico como la comida. Nunca había tenido que enfrentarse a un problema tan fundamental y crucial como la mera supervivencia. Al ver el dolor que habitaba en la mirada de Suleiman su corazón voló hacia él.

—Oh, Suleiman —murmuró con suavidad.

La expresión de Suleiman se endureció aún más, como si no le hubiera agradado en lo más mínimo percibir el tono compasivo de Sara.

—El sultán fue recibido por un grupo de dignatarios locales y en las mesas que prepararon para recibirlo había suficiente comida para alimentar un mes entero a nuestro pueblo —dijo con aspereza—. Yo estaba oculto en las sombras, pues aquella era mi habilidad particular: ver sin ser visto. Y aquella noche vi una granada tan grande como el puño de un hombre y dorada como el sol del mediodía. A mi madre siempre le habían gustado las granadas, así que...

—¿La robaste?

Suleiman sonrió, claramente tenso.

—Si hubiera sido lo suficientemente mayor como para articular mis pensamientos, lo habría considerado una mera distribución justa de los alimentos, pero las razones para lo que hice eran irrelevantes, porque me pillaron con las manos en la masa. Puede que se me diera bien ocultarme en las sombras, pero los guardaespaldas del sultán eran demasiado hábiles para mí.

Sara se estremeció ante la magnitud del delito y se preguntó cómo era posible que Suleiman siguiera todavía vivo para contarlo.

—¿Y te soltaron? —preguntó incrédula.

Suleiman se rio secamente.

—Los guardaespaldas del sultán no son conocidos precisamente por su clemencia hacia los ladronzuelos y estuve a punto de perder la cabeza bajo una de sus cimitarras. Pero en aquel momento, un joven que debía de tener mi edad salió corriendo hacia ellos desde una de las tiendas reales. Era el hijo del sultán, Murat —Suleiman hizo una pausa antes de añadir—: Tu futuro marido.

Sara se estremeció, pues supo que Suleiman había dicho aquello último de forma totalmente deliberada.

—¿Y qué hizo?

—Me salvó la vida.

—¿Cómo?

—Fue sencillo. Murat era un niño protegido y mimado, pero también estaba solo y aburrido. Quería un compañero de juegos, y un chico lo suficientemente hambriento como para animarse a robar de la mesa del sultán podía considerarse una causa lo bastante caritativa. Ofrecieron a mi madre una buena cantidad de dinero...

—¿Y lo aceptó?

—¡No tuvo otra opción! —le espetó Suleiman—. A mí me bañaron, me vistieron con ropas finas y me llevaron al palacio de Qurhah, donde iba a ser educado junto al joven sultán. En muchos aspectos, los dos seríamos iguales.

Se produjo un silencio mientras Sara asimilaba hasta qué punto hizo aquello que cambiara la vida de Suleiman, porque se comportaba a veces con la arrogancia de un miembro de la realeza, aunque atemperada por cierto matiz. Pero su madre lo había vendido. Además, Suleiman había omitido algo al respecto.

—¿Y tu madre? ¿Qué le pasó?

—Le dieron la mejor comida y las mejores medicinas. Incluso le ofrecieron una nueva casa para mis dos hermanos pequeños y para ella. A mí me llevaron al palacio del sultán con la promesa de que regresaría en verano a estar con mi familia. Pero la enfermedad de mi madre resultó ser irreversible y murió en primavera. Nunca volví a verla.

—Oh, Suleiman —dijo Sara con el corazón encogido.

El sacrificio de la madre de Suleiman había sido enorme y, sin embargo, había muerto sin volver a ver a su hijo mayor. Qué terrible para ambos. Habría querido acercarse a él para estrecharlo entre sus brazos, pero la invisible presencia de los sirvientes y la adusta expresión de Suleiman le hicieron contenerse. Solo podía utilizar las palabras para comunicarse con él, y eligió las más sencillas y expresivas.

–Lo siento. Lo siento tanto...

–Sucedió hace mucho –dijo Suleiman con aspereza–. Es algo que pertenece al pasado, y ahí es donde debe seguir. Como he dicho, el pasado es irrelevante. Puede que ahora comprendas por qué no me gusta hablar de ello.

Sara se quedó mirándolo. Hacía mucho que conocía a Suleiman, y creía conocerlo, pero en realidad solo había visto lo que él le había permitido. Suleiman había mantenido oculta aquella vital información sobre sí mismo hasta hacía un momento, y haberla escuchado de sus labios hacía que de pronto le pareciera extrañamente vulnerable. Saber aquello le permitía comprender mejor por qué era la clase de hombre que era, por qué resultaba tan reservado y a veces tan testarudo e inflexible. También explicaba aquello por qué había sido siempre tan incondicionalmente fiel al sultán que le salvó la vida. Lo que lo impulsaba a actuar era el sentimiento del deber, porque el deber era lo único que conocía.

De pronto quedó muy claro por qué la rechazó la noche de la coronación del hermano de Sara. Una vez más fue por su sentido del deber, porque ella estaba prometida al sultán.

Pero el precio del sentido del deber había sido no volver a ver a su madre. No era de extrañar que siempre pareciera tan orgulloso y tan solo.

De pronto, Sara supo que no podía seducirlo como parte de una estrategia. No podía utilizar a Suleiman Abd al-Aziz para que la ayudara involuntariamente a escapar de la prisión en que querían meterla. No podía ponerlo en aquella situación, porque, si el sultán llegara a enterarse de que su futura esposa se había acostado con el hombre en el que más confiaba del mundo, se desataría un auténtico infierno.

No. Sara alzó una mano para apartarse un mechón de pelo de la frente y vio que Suleiman entrecerraba los ojos cuando sonaron las campanillas de su muñeca. Iba a tener que ser fuerte y asumir su responsabilidad.

No podía utilizar el sexo como un instrumento de trueque, no cuando Suleiman le importaba tanto. Si quería salir de allí iba a tener que utilizar medios más tradicionales, pero tenía que hacer su apuesta por la libertad sin implicar a Suleiman. Aunque lo culparan por su marcha, no debía tomar parte en ella. Debía escapar sin que se enterara, y pensaba escapar. Volvería al aeropuerto militar en el que habían aterrizado y exigiría que la enviaran en un avión de vuelta a Inglaterra, asegurándoles que montaría un escándalo internacional si no hacían lo que les pedía. Ya que no dejaban de recordarle que era una princesa, ¡tal vez había llegado el momento de empezar a comportarse como tal.

Cuando se puso en pie, Suleiman acudió al instante a su lado.

–Voy a retirarme –dijo Sara antes de dar un calculado bostezo–. El calor del desierto es muy agotador, y ya no estoy acostumbrada.

–Muy bien. En ese caso te acompaño a la tienda.

–No hace falta que te molestes.

–Claro que sí, Sara. Ambos sabemos que puede haber serpientes y escorpiones merodeando en las sombras.

Sara habría querido decirle que conocía el terreno tan bien como él, pero pensó que no era el momento adecuado para recordarle que, en realidad, ella también era una hija del desierto.

La belleza de la noche que los envolvía pareció burlarse de ella. Las estrellas brillaban en el oscuro cielo como no lo hacían en ninguna otra parte del mundo y la luna iluminaba las profundidades añiles de la noche como un gran disco de plata superpuesto contra el cielo. Por un instante deseó tener poderes sobrenaturales para llegar a ella de un salto, como se contaba en una de las fábulas tradicionales que había escuchado de niña.

Pero en realidad tenía los pies firmemente asentados en la arena mientras caminaba y deslizaba una atenta mirada por sus alrededores. Vio dónde estaban amarrados los caballos y el lugar en que estaba asentada la tienda de la escolta.

Cuando llegaron a la entrada de la tienda quiso alzar una mano para acariciarle el rostro a Suleiman, consciente de que el tiempo se les escapaba de entre las manos. Habría querido besarlo, nada más. Sospechaba que si mantenía relaciones sexuales con él se quedaría sin la fuerza que poseía y se pasaría el resto de la vida anhelando repetir la experiencia.

Pero tampoco tenía por qué estar mal darle un beso de buenas noches, como había hecho en incontables ocasiones con sus amigos en Inglaterra. Dejándose llevar por el impulso, se puso de puntillas y le dio un casto beso en cada mejilla. Fueron unos besos que no habrían podido ser malinterpretados por nadie. De haber estado allí, incluso el sultán lo habría considerado una mera despedida de tipo occidental.

Tal vez no le habría gustado, pero lo habría entendido.

Pero lo cierto era que, en aquella ocasión, aquel rápido roce de sus labios sobre la piel de Suleiman estaba amenazando su propia cordura. Notó cómo contenía el aliento en respuesta. A pesar de haber sido algo totalmente inocente, estaba muy lejos de serlo. ¿Cómo era posible que un mero contacto como aquel le hubiera afectado tan profundamente?

Sus miradas se encontraron y se enviaron silenciosos mensajes de deseo y necesidad. La tensión sexual reinante resultó casi ensordecedora.

Suleiman deslizó la mirada del rostro de Sara hacia su vestido, deteniéndola finalmente en su pecho. La sensación que le produjo a Sara que le estuviera mirando tan abiertamente los pechos fue realmente excitante, tanto que sus pezones reaccionaron al instante. Por un momento, Suleiman pareció a punto de moverse hacia ella, y Sara deseó ardientemente que lo hiciera. «Bésame», rogó en silencio. «Bésame una vez más y no volveré a pedírtelo nunca».

Pero Suleiman se detuvo de pronto y su expresión se volvió dura como el granito. Cuando habló, su voz sonó inestable y teñida de autodesprecio.

–Vete a la cama, Sara –dijo con aspereza–. Vete a la cama de una vez.

Capítulo 5

SARA se despertó temprano, incluso antes de que lo que en el desierto llamaban «falso amanecer» comenzara a iluminar el árido paisaje desértico que había fuera de la tienda. Permaneció un momento tumbada, preguntándose si iba a tener valor para llevar adelante su plan. Pero la realidad se impuso enseguida. Necesitaba tanto alejarse de su matrimonio forzado con el sultán como de Suleiman.

No tenía elección.

Debía escapar.

Salió de debajo de las mantas con la ropa con que había dormido toda la noche. Antes de acostarse había pedido a una de las sirvientas que le llevara una botella grande de agua, té de menta y un bol de azucarillos. La chica había parecido un poco sorprendida, pero había obedecido sin protestar, probablemente achacando la extraña petición de Sara a los caprichos de una princesa.

Tras ponerse un delicado velo de seda en torno a la cabeza se asomó a un lateral de la tienda. Comprobó con alivio que reinaba un gran silencio y que no se veía un alma. Debía irse de inmediato, antes de que amaneciera del todo y empezara a haber movimiento en el campamento.

Se encaminó sigilosamente hacia el lugar en que

estaban reunidos los caballos. El bayo que había montado aquella tarde la recibió con un suave relinchó que Sara acalló de inmediato ofreciéndole un terrón de azúcar. El corazón le latía con fuerza en el pecho cuanto montó al animal y lo instó a ponerse en marcha. En cuanto se hubo alejado lo suficiente lo puso al galope hasta que el campamento quedó bastante alejado.

Sus primeras sensaciones fueron de euforia y excitación por haber logrado salir sin ser vista. Había conseguido huir del firme escrutinio de la oscura mirada de Suleiman sin implicarlo en su huida. De pronto se sintió como si estuviera en medio de una gran aventura y su vida londinense pareció quedar muy, muy lejos.

Avanzó todo lo que pudo hasta que el sol estuvo alto en el cielo. Después se detuvo junto a unas rocas para aliviar sus necesidades y beber un poco de agua. Cuando volvió a montar hacía bastante más calor y agradeció haberse puesto el velo para que la protegiera de la creciente fuerza de los rayos del sol. Afortunadamente, el rastro que habían dejado los camellos de la caravana estaba lo suficientemente claro como para poder seguirlo hasta la base aérea. Las huellas eran profundas y no había habido ninguna tormenta de arena que hubiera borrado el rastro.

Entonces, ¿qué fue lo que sucedió?

¿Dejó de prestar atención a las huellas?

¿La distrajeron sus continuos pensamientos sobre Suleiman lo bastante como para hacerle perder el rastro?

¿Por qué había estado tan segura de la dirección que debía seguir y de pronto la había perdido?

Sara miró a su alrededor, parpadeando como alguien que acabara de despertar de un sueño, diciéndose que el rastro debía de seguir allí, que lo encontraría si lo buscaba con atención.

Necesitó unos minutos para comprender que había sido muy optimista, porque no encontró nada.

Sintió que el pánico comenzaba a adueñarse de ella, pero hizo un esfuerzo por controlarlo. El pánico podía convertirse en su peor enemigo y hacerle perder el control, y no podía permitirse perder nada más. Ya era bastante malo haber perdido el rastro.

Ni siquiera llevaba una brújula consigo.

Desmontó del caballo mientras trataba de recordar las leyes de la supervivencia en el desierto. Debía volver sobre sus pasos. Eso era lo que debía hacer. Encontrar dónde había perdido el rastro y volver a seguirlo. Tras tomar un trago de agua, se agachó, recogió un pequeño canto de la arena y se lo metió en la boca. Así recordaría que debía mantener la boca cerrada y además no se le secaría.

Todo iba a ir bien, se dijo mientras volvía a montar. Por supuesto que iba a ir bien. Solo hacía unos minutos que había perdido el rastro, y no podía haberse perdido.

Le llevó una hora de inútil búsqueda aceptar que sí se había perdido.

–¿Qué quieres decir con que no está?

Suleiman miró la cabeza agachada de la sirvienta que permanecía temblando ante él.

–¡Explícate! –bramó.

La joven comenzó a balbucear. Habían pensado

que la princesa seguía dormida y no habían querido molestarla.

—¿Y no lo habéis comprobado hasta ahora?

—No, señor.

Suleiman se obligó a inspirar profundamente para contener su rabia mientras volvía la mirada hacia los guardaespaldas que merodeaban nerviosamente a su alrededor.

—¿Y ninguno de vosotros ha sido capaz de notar que faltaba uno de los caballos?

Los hombres comenzaron a disculparse, pero Suleiman los acalló con un imperioso movimiento de la mano. A continuación se encaminó con paso firme hacia los caballos. No dijo nada más porque en el fondo sabía que no estaba en posición de criticar a sus hombres, pues él era tan culpable como ellos.

¿Por qué no se había ocupado de vigilarla personalmente?

Sus labios se endurecieron en un amargo rictus mientras montaba su caballo.

Porque era un cobarde. Por eso.

A pesar de todas sus medallas, de su supuesto valor, había elegido para alojarse la tienda más alejada de la de Sara. Inseguro de su capacidad de autocontrol, no había querido arriesgarse a tenerla cerca.

No había esperado la intensa llama de deseo que se había encendido entre ellos la noche anterior, y era un amante demasiado experimentado como para no reconocer la mirada de anhelo sexual que había oscurecido la mirada violeta de Sara. Nunca la había deseado tanto... ¿Y acaso no se había preguntado si su sensibilidad occidental podría haberla impulsado a tomar la iniciativa, a presentarse desnuda en su tienda, al amparo de la noche, para meterse en su cama sin haber sido invitada, como habían hecho tantas otras mujeres antes?

Se volvió hacia el jefe de su escolta.

—¿Habéis encontrado el rastro?

—Sí. Va hacia el norte, camino de la base aérea.

Suleiman asintió. Era lo que se había imaginado. Sara trataba de regresar a Inglaterra por su cuenta.

—Muy bien. Yo seguiré su rastro. Tú ocúpate de enviar a otros tres hombres hacia los otros tres puntos cardinales.

—Sí, señor.

—Envía a otro hombre en busca de una loma alta para que trate de captar una señal de móvil. Quiero que llame a la base militar y que les diga que se pongan de inmediato a buscarla con cada avión que tengan disponible. ¿Entendido?

—Entendido, señor.

A continuación, Suleiman hizo girar a su montura y unos segundos después galopaba a toda velocidad siguiendo el rastro del caballo de Sara. Era consciente de que aquello iba a tener repercusiones. Al haber implicado a los militares en la búsqueda, el sultán no tardaría en enterarse de que la princesa había desaparecido. Pero le daba igual lo que pudiera pasarle por haber perdido a la futura sultana de Qurhah. Podían exiliarlo, o encarcelarlo; le daba igual.

Lo único que quería era encontrar a Sara sana y salva.

Nunca había experimentado un temor tan intenso como el que le estaba produciendo imaginarse que hubiera podido sucederle algo malo, que se hubiera caído de su montura, que estuviera desmayada sobre la arena mientras los buitres aguardaban pacientemente a su alrededor. Espoleó a su caballo bajo los rayos de un sol cada vez más ardiente. No debía pensar en lo peor. Debía ser positivo.

Pero ¿dónde estaba Sara? ¿Dónde estaba?

Al cabo de un rato llegó al punto exacto en que el caballo de Sara se había desviado del rastro que seguía. ¿Habría distraído algo a su caballo? ¿O a ella?

Siguió el nuevo rastro unos minutos más. Finalmente, detuvo a su montura, se irguió sobre la silla y abrió la boca para gritar con todas sus fuerzas:

—¡Saaaara!

Pero como respuesta tan solo recibió el silencio vacío del desierto.

Sacó una de las cantimploras que llevaba en las alforjas y bebió, pues no le convenía estar deshidratado si encontraba a Sara.

«Cuando» la encontrara.

Tenía que encontrarla.

—¡Saaaara! —volvió a gritar con desesperación.

Al notar que su caballo levantaba las orejas, Suleiman se esforzó por escuchar lo que le pareció un sonido casi perdido en la distancia. Aguzó el oído.

Era un sonido. El sonido más bajo del mundo. El sonido de una voz. Si hubiera sido la voz de cualquier otra persona no la habría reconocido, pero Suleiman conocía muy bien la voz de Sara. La había escuchado durante su infancia, durante la incertidumbre de su pubertad, y en sus momentos de pasión, pero nunca le había sonado tan rota, tan perdida como en aquellos momentos.

—¡Saaaara! —gritó de nuevo, y al escuchar la lejana respuesta percibió que procedía del este. Presionó los muslos contra el costado del caballo y galopó en dirección al sonido.

Empezaba a temer que todo hubieran sido imaginaciones suyas cuando vio una pequeña formación rocosa en la distancia, una roca roja en cuya base había una oscura cueva contra la que resaltaba el brillo blanco amarillento de un caballo bayo. Suleiman entrecerró los ojos, pues el caballo no llevaba jinete.

Galopó hasta las rocas y vio a Sara apoyada contra una de ellas. Estaba pálida de miedo y sus ojos parecían dos profundos lagos de tinta violeta. Suleiman saltó de su montura tras tomar la cantimplora y un instante después estaba a su lado. Acercó la cantimplora a los labios de Sara, que bebió ansiosamente, como un animalillo al que estuvieran alimentando con un biberón.

Finalmente, Suleiman retiró la cantimplora de sus labios y, al ver que recuperaba el color, permitió que su enfado y el miedo que había pasado por ella afloraran.

–¿Qué diablos creías que estabas haciendo? –preguntó a la vez que la erguía de manera que sus rostros quedaron a escasos centímetros.

–¿No es evidente? –preguntó Sara con voz débil–. Trataba de escapar.

–¡Podrías haber muerto!

–Pero no he muerto. No es tan fácil librarse de mí –Sara trató de sonreír, pero Suleiman notó que no lo lograba del todo, aunque nada pudo disimular el destello de alivio que iluminó brevemente su mirada.

–¿Adónde ibas? –preguntó.

Sara lo miró oculta tras el cerrado bosque de sus pestañas.

—¿Adónde iba a ir? Al aeropuerto, por supuesto.

—¿A la base militar?

—Sí, a la base militar. A exigir que me llevaran de vuelta a Inglaterra. He comprendido que no podía seguir adelante con esto, Suleiman. Me da igual con qué me amenacéis tú o el sultán. Me dan igual las políticas dinásticas o si se forja o no una alianza entre mi país y el suyo. Mi hermano tendrá que encontrar a alguna otra persona para ofrecerla en sacrificio.

Furioso, Suleiman se irguió, sacó su móvil y empezó a ladrar órdenes en su lengua. Sara le oyó decir que podían cancelar la búsqueda, que ya había encontrado a la princesa y que estaba a salvo.

Pero, cuando terminó la llamada, la expresión de su rostro no hizo que Sara se sintiera precisamente a salvo. De hecho, le hizo sentir todo lo contrario. Su negra mirada parecía cargada de furia mientras se aproximaba lentamente hacia ella.

—Aclaremos algo —dijo Suleiman con voz ronca, y Sara notó que estaba haciendo verdaderos esfuerzos por contener su genio—. ¿Has huido sola por uno de los territorios más hostiles del mundo a pesar de llevar años sin cabalgar? ¿Es eso?

Sara le lanzó una mirada desafiante.

—Sí. Es exactamente eso.

La absurdidad de aquella peligrosísima huida enfureció aún más a Suleiman. Una mezcla de miedo y rabia le hicieron apretar los puños al pensar en lo que podría haberle pasado. Pensaba echarle una buena bronca, e incluso tumbarla sobre sus rodillas para darle unas merecidas palmadas en el trasero. Al menos, eso era lo que creía que quería hacer, pero las cosas no salieron exactamente así.

Tal vez fue la visión de su revuelto pelo rubio, del brillo violeta de sus preciosos ojos. Tal vez fue porque siempre la había deseado y, al parecer, no había dejado de hacerlo. Su deseo por ella había sido como una hambruna interminable que lo había ido devorando por dentro y de pronto ya no había forma de pararla.

Hizo un último intento por resistir, pero ya no le quedaba resistencia. Nunca se había sentido tan impotente en su vida y cuando tomó a Sara por los hombros fue para estrecharla contra su cuerpo.

–Maldita seas, Sara –murmuró roncamente–. Maldita seas.

Y entonces fue cuando empezó a besarla.

Capítulo 6

SARA dio un gritito ahogado cuando Suleiman se inclinó hacia ella. Se dijo que aquello era una locura. Una locura que solo podía derivar en dolor y lágrimas. Se dijo que si trataba de apartarse Suleiman le dejaría ir, pero su cuerpo se negaba a obedecerla.

Su cuerpo estaba en llamas.

Los labios de Suleiman explorando los suyos fueron como un sueño que sobrepasó todas las esperanzas que había alimentado durante aquellas últimas y desesperadas horas de su vida. Largas y sombrías horas en las que se había hecho consciente de que estaba perdida sin esperanza en aquel implacable desierto. Hasta que aquel emisario de severo rostro había aparecido recortado contra el horizonte sobre su impresionante montura negra, haciendo realidad su fantasía favorita.

Y después, Suleiman había tomado aquella fantasía y la había aderezado de una forma muy sexy estrechándola entre sus brazos y besándola.

Sin embargo, aquello podía resultar muy peligroso. Peligroso para su corazón. Peligroso para su alma. No podía permitirse amar a aquel hombre. No podía permitírselo.

Pretendía apartarlo de su lado, pero Suleiman la

retuvo contra sí y Sara aspiró involuntariamente su excitante y crudo olor masculino. Olía a sándalo y a sal. Los duros músculos presionaban contra los de ella y la proximidad de su tensa carne hizo que deseara derretirse contra él mientras seguía besándola, diciéndole con toda claridad con sus labios que pretendía hacerle el amor.

–Suleiman... –murmuró, pero su voz no surgió como una protesta, sino más bien como un ruego.

–Sara –dijo él a la vez que apartaba el rostro y tomaba el de ella con ambas manos–. Loca, preciosa y testaruda Sara –la miró con una mezcla de deseo y exasperación–. ¿Por qué te has ido así? ¿Por qué correr tal riesgo?

–Tú sabes por qué –susurró ella a la vez que adelantaba un poco la cabeza buscando instintivamente otro beso–. Porque quería escapar.

Suleiman volvió a apoyar sus labios contra los de ella.

–¿Y aún quieres escapar? –susurró sin apartarlos.

–Sí.

–¿De verdad?

Sara cerró los ojos.

–Déjalo ya.

–Estoy esperando a que respondas a mi pregunta.

Sara negó débilmente con la cabeza.

–No... ya no. Al menos, no en este momento. No si sigues besándome así.

–Eso ha sonado muy parecido a una invitación. Pero lo que debería hacer sería subirte al caballo y llevarte de vuelta al campamento.

–Entonces... ¿por qué me estás desabrochando la túnica?

–Porque quiero saborear tus pezones.

–Oh.

Sara echó atrás la cabeza y cerró los ojos cuando Suleiman dejó un rastro de fuego por su cuello mientras descendía hacia sus pechos. Sintió un húmedo y abrumador calor en su sexo cuando Suleiman deslizó la lengua por uno de sus excitados pezones.

Sintió que se le secaba la boca y sus pestañas revolotearon como una mariposa cuando abrió los ojos para mirarlo. Suleiman besó cada uno de sus pechos por turno y luego le quitó la túnica y los ceñidos pantalones que vestía. Finalmente, su piel quedó expuesta al cálido aire del desierto y la mirada de Suleiman.

Notó cómo contenía el aliento mientras la miraba y se alegró de tener puesta la provocativa ropa interior que había llevado consigo de Inglaterra. El sujetador de color azul eléctrico y el tanga a juego eran bastante atrevidos, pero hacía algún tiempo que había descubierto que le gustaba utilizar lencería cara. Aquel era otro aspecto de la libertad del que le había encantado poder disfrutar; acudir a unos grandes almacenes a comprar ropa interior atrevida sin que nadie le dijera que no podía hacerlo.

Suleiman dijo algo que Sara no entendió y su expresión se volvió repentinamente severa.

–¿Sucede algo? –preguntó ella con cautela.

–¿Quién te compra la ropa interior? –preguntó Suleiman, y en su voz resonó una emoción innombrable.

–Me la compro yo misma.

–¿Y la compras para ti, o para los hombres que van a disfrutar viéndote con ella? –insistió Suleiman a la vez que introducía los dedos por el borde del tanga para acariciarla. Un pequeño e incontenible gemido escapó de entre los labios de Sara y él se detuvo–. ¿Es así?

Sara asintió, tan poseída por las sensaciones que estaba experimentando que apenas era consciente de estar asintiendo. Pero sabía que a los hombres les atraían las mujeres que satisfacían aquellas fantasías. Había leído suficiente literatura erótica como para saberlo. A los hombres les gustaba que las mujeres simularan ser y hacer ciertas cosas. También había leído que la normalidad y la rutina implicaban normalmente la muerte del sexo en el dormitorio.

Aunque no estaban en un dormitorio, desde luego, pero ¿a quién le importaba? ¿Por qué no alimentar las fantasías de Suleiman, y las suyas propias? ¿Por qué no hacer el amor con Suleiman en medio del desierto? Y si él quería que interpretara el papel de mujer fatal, ¿por qué no darle el gusto y hacerlo?

–Me gusta llevarla para ti –contestó con timidez a la vez que deslizaba un dedo por el borde de su diminuto sujetador–. ¿Y a ti te gusta?

Suleiman dejó escapar un gruñido mezcla de deseo y enfado mientras se quitaba con evidente impaciencia sus ropajes rojos hasta quedar también desnudo. Sara deslizó la mirada por su cuerpo y abrió los ojos de par en par cuando llegó a la parte más íntima y más obviamente excitada de su cuerpo... y de pronto se sintió intimidada por lo que estaba viendo.

–Suleiman... –murmuró, pero su voz se fue apagando cuando él la estrechó de nuevo entre sus brazos y siguió acariciándole el sexo con maestría.

Pudo oler el aroma de su propia excitación en el

aire, sentir como corría la sangre ardiente por sus venas. ¿Y no debería estar acariciándolo ella también? Pero, cuando deslizó una mano hacia abajo y tomó su palpitante y sedoso miembro, Suleiman la sujetó casi con brusquedad por la muñeca.

–No –dijo.

Sara lo miró a los ojos, confundida.

–¿Por qué no?

–Porque estoy a punto de llegar, por eso. Y quiero llegar cuando esté dentro de ti. Quiero contemplar tu rostro cuando te penetre y escuchar tus gemidos cuando me mueva dentro de ti.

Aquello fue lo más erótico que había escuchado Sara en su vida. Tragó saliva convulsivamente. Suleiman dentro de ella, en el lugar en que siempre había anhelado tenerlo. Sintió que le ardía la piel mientras él extendía su túnica sobre la arena. El rostro de Suleiman se oscureció y tensó mientras le quitaba la ropa interior de color azul eléctrico, hasta que Sara se tumbó ante él como un desnudo sacrificio.

Pudo ver la firmeza de su poderosa erección y los oscuros pelos rizados de los que surgía. Su piel morena brillaba bajo la rojiza luz que reflejaba la roca que había sobre ellos, y sus ojos de azabache parecieron más negros que nunca cuando se inclinó sobre ella. El beso que siguió a continuación hizo gemir a Sara de placer. Sintió que algo muy profundo se desataba en su interior, pero cuando él alzó la cabeza vio que su mirada se había oscurecido a causa del dolor.

–Mi mayor fantasía y mi mayor pecado –murmuró Suleiman con voz temblorosa–. Es un error. Ambos lo sabemos.

De pronto, Sara se sintió horrorizada ante la posibilidad de que fuera a detenerse, de no llegar a saber nunca lo que era que Suleiman Abd al-Aziz le hiciera el amor. Y no podía soportar la idea. Podía soportar cualquier cosa, pero no aquello. Y no en aquel momento.

Alzó una mano para acariciarle el pelo.

–¿Cómo puede estar mal algo que nos hace sentir tan bien?

–No hagas preguntas tan poco sinceras, Sara. Y no me mires con esos grandes ojos violetas, un color que no he visto en ninguna otra mujer. Impídeme hacer esto. Impídemelo antes de que vaya más allá, porque yo no tengo la fuerza necesaria para contenerme.

–No puedo –susurró Sara–. Porque yo... –estuvo a punto de decir «te quiero», pero logró contenerse–. Porque he deseado esto desde siempre. Ambos lo hemos deseado. Lo sabes muy bien. Hazme el amor, Suleiman, por favor.

Suleiman la tomó por la barbilla para hacerle alzar el rostro.

–Oh, Sara –dijo, y el tono de su voz fue de evidente rendición.

La penetró lentamente. Tanto que Sara creyó que iba a morir de placer. Gritó cuando inició el primer empuje, un grito exultante e incrédulo.

Suleiman estaba dentro de ella.

Suleiman estaba colmando su cuerpo.

Suleiman estaba...

Suleiman gruñó mientras encontraba el ritmo de sus movimientos, cada vez más profundos. Sara se sintió como si hubiera nacido solo para vivir aquel momento. Rodeó con las piernas la cintura de Suleiman mientras él extendía las manos sobre sus nalgas para penetrarla aún más profundamente. Su respiración se fue agitando más y más mientras se movía dentro de ella. Sara había mantenido relaciones sexuales antes, pero nunca así. Nunca así. Era como todo el mundo decía que debía ser. Era....

Y entonces dejó de pensar para escuchar tan solo las exigencias de su cuerpo y permitir que el placer se fuera acumulando capa a capa.

Sintió cómo crecía en su interior, desesperadamente dulce, tentadoramente evasivo. Sintió que su cuerpo era recorrido por lava cuando los movimientos se volvieron más urgentes y estaba tan centrada en el apasionado beso que le estaba dando a la vez que los primeros espasmos de su orgasmo la pillaron casi por sorpresa. Como una pluma que hubiera alzado el vuelo en medio de una tormenta, se dejó llevar por la corriente. Gritó el nombre de Suleiman al sentir cómo se tensaba y estremecía su cuerpo.

Pero todo terminó demasiado rápido. De pronto, Suleiman se retiró y Sara sintió una cálida humedad derramándose sobre su vientre. ¡Había salido de ella! Necesitó unos momentos antes de sentirse capaz de abrir los ojos y mirarlo y, cuando lo hizo, se sintió casi avergonzada, como si aquel brusco final hubiera borrado toda la magia de lo que había sucedido antes.

—¿Por qué... has hecho eso?

—Me he dado cuenta de que, dadas nuestras prisas por consumar nuestra lujuria, no había tomado ninguna medida contraceptiva.

Sara trató de no estremecerse, pero, teniendo en cuenta lo que acababa de suceder, el comentario le pareció totalmente carente de emoción. ¿Consumar su «lujuria»? ¿Eso había sido lo que habían hecho?

–Supongo que no.

–¿Estás tomando la píldora? –preguntó Suleiman.

–No.

–Así que podemos sumar un bebé a la ecuación y empeorar mil veces una situación que ya es bastante mala –dijo Suleiman con evidente amargura–. ¿Era eso lo que querías?

Sara se ruborizó, consciente de que aquello era cierto. ¿Y no era terrible que en realidad estuviera deseando que la hubiera dejado embarazada, que ahora hubiera un bebé de Suleiman creciendo bajo su corazón?

–Claro que no es eso lo que quería –dijo, mirándolo a los ojos–. ¿Por qué te estás comportando así ahora?

–¿Así cómo?

–Con tanta... frialdad.

–¿Tú qué crees? Porque acabo de traicionar al hombre que me salvó la vida. Porque me he comportado como la peor clase de amigo posible –Suleiman deslizó la mirada por el cuerpo de Sara y ella supo lo que iba a decir casi antes de que lo hiciera–. Y además ni siquiera eras virgen.

Fue el «ni siquiera» lo que lo empeoró todo.

–¿Esperabas que lo fuera?

–Sí –le espetó Suleiman–. ¡Por supuesto que lo esperaba!

–Tengo veintitrés años y llevo una vida independiente en Inglaterra. ¿Qué esperabas?

–¡Pero fuiste criada como una princesa del desierto! Fuiste educada para respetar tu cuerpo y conservar tu inocencia y tu pureza para tu prometido –Suleiman movió la cabeza–. Oh, ya sabía que hablas libremente de sexo, y que bajo esa ropa llevabas la clase de ropa interior que solo las mujeres liberadas llevan. Pero aunque tenía mis sospechas, ¡en el fondo creía que seguías intacta!

–¿Aunque tenías tus sospechas? –repitió, incrédula–. ¿Qué eres ahora? ¿Alguna clase de detective?

–¡Estás destinada a ser la esposa del sultán! –le espetó Suleiman–. Y tu virginidad era una parte esencial de ese acuerdo. O, al menos, eso pensaba.

–En eso te equivocas –Sara se irguió y apartó con enfado un mechón de pelo de su ruborizado rostro–. Tú no piensas; solo reaccionas. No me ves como a un individuo con su propia y única historia. No te has parado a pensar que pudiera tener mis propios deseos y necesidades, como tú, y, probablemente, como el propio Murat. Solo me ves como un estereotipo. Me ves como lo que se supone que debería ser: la princesa virgen que fue comprada para el sultán. ¡Pero yo no soy esa persona y nunca lo seré!

–¿Y por qué no trataste de comunicarte del algún modo con el sultán antes de que se viera forzado a tomar el asunto en sus propias manos? –preguntó Suleiman–. ¿No se te ocurrió pensar que huir no era la respuesta? Pero lo cierto es que te has pasado la vida huyendo, ¿verdad, Sara?

–¡Y tú te has pasado la vida negando tus sentimientos!

–¡Nunca he negado mis sentimientos! Es una pena que la mayoría de la gente no pare de preguntarse neuróticamente si son o no son «felices» ¡en lugar de hacer algo al respecto!

–¿Como tú acabas de hacer? –preguntó Sara en tono retador– ¿Qué has pensado? «¿Cómo puedo castigar a la princesa por haber huido? Oh, ya lo sé. ¡Voy a seducirla!».

Por unos momentos solo se escuchó el sonido de sus aún agitadas respiraciones y Suleiman sintió una fría espiral de rabia retorciéndose en su interior mientras miraba a Sara. Tragó saliva convulsivamente, pero hacerlo no le sirvió para aliviar el amargo sabor de la culpabilidad.

Acababa de seducir a la mujer destinada a casarse con el sultán.

Acababa de cometer la última traición contra su soberano, una traición que se castigaba con la muerte.

¿Lo había utilizado Sara para facilitarle la huida? ¿Lo había hecho? ¿Había sido una trampa en la que había caído de buen grado?

–¿Con cuántos hombres te has acostado? –preguntó de pronto.

Sara lo miró con incredulidad.

–¿Has escuchado algo de lo que te he dicho? ¿Con cuántas mujeres has estado tú?

–¡Eso es irrelevante! Te lo preguntaré de nuevo, y en esta ocasión quiero una respuesta. ¿Cuántos?

–Oh, cientos –contestó Sara, pero la expresión del rostro de Suleiman le hizo echarse atrás y, aunque se despreció a sí misma por querer salvar su reputación, no pudo evitarlo–. Ya que quieres saberlo, solo he tenido otra experiencia antes de esta, y fue horrible. Estuve con un hombre que creía que podía significar algo para mí, pero estaba equivocada.

–¿Quién es?

–¿Crees que estoy tan loca como para decirte su

nombre? —Sara negó con firmeza. No quería revelar más de lo que ya había revelado. No quería que Suleiman supiera que en aquella época estaba inmersa en una misión: la de tratar de convencerse de que había más hombres que él en el mundo. Había querido saber si algún otro hombre podía hacerle sentir lo que le hacía sentir él. Pero lo había hecho en vano, porque ningún otro hombre le había llegado nunca a la suela del zapato. Suleiman la afectaba de un modo sobre el que ella no ejercía ningún control. Incluso en aquellos momentos, con el desagradable ambiente que se había creado entre ellos, aún le hacía sentirse así. Aún le hacía sentirse completamente viva cuando estaba a su lado.

—Estaba experimentando —continuó—. Quería experimentar lo mismo que otras mujeres de mi edad, pero no funcionó.

—De manera que olvidaste convenientemente el matrimonio al que estabas destinada.

—Tú tampoco pareces haber tenido mucha dificultad para olvidarlo, ¿no? Y esa es la mayor hipocresía de todas. No he sido yo la única que ha roto las reglas. Hacen falta dos para hacer el amor, y tú has sido un compañero realmente dispuesto. Me pregunto cómo catalogas eso en tu escala de lealtad.

El rostro de Suleiman se tensó visiblemente mientras asentía.

—Tienes razón. Gracias por recordarme que mi propio comportamiento no me da derecho a criticar el tuyo. Pero me gustaría que me contestaras a algo antes de irnos. ¿Habías planeado seducirme sabiendo que si tenías sexo conmigo tu compromiso quedaría cancelado?

Sara dudó, pero solo un instante.

–Planeaba hacer algo parecido, pero al final no fui capaz de seguir adelante con ello.

–¿Por qué no?

Sara se encogió de hombros y, de pronto, la amenaza de las lágrimas fue muy real mientras pensaba en el niño que había sido vendido por su madre.

–Por lo que me contaste sobre la forma en que os conocisteis Murat y tú. Porque te salvó la vida y os criasteis prácticamente como hermanos. Comprendí lo profunda que era vuestra amistad y lo mucho que significaba para ti. Por eso hui.

–Pero yo he salido en tu busca y te he seducido de todos modos –dijo Suleiman casi para sí.

–Sí –Sara tuvo que hacer verdaderos esfuerzos por contener sus lágrimas. Las lágrimas hacían que una mujer se debilitara y que un hombre tomara el control de la situación. Y ella no iba a ser esa mujer–. Sí, lo has hecho.

–Aprecio tu sinceridad –dijo Suleiman–. Al menos has logrado que mi mente se concentre en lo que debe suceder a continuación.

–¿Te refieres a llevarme a la base militar?

–¿Para que puedas huir de nuevo? No creo. ¿No crees que es hora de que dejes de huir y te enfrentes a las consecuencias de tus actos? Tal vez sea hora de que ambos lo hagamos –Suleiman sonrió sin humor y se irguió, magnífico y en absoluto avergonzado por su desnudez–. Mi misión era entregarte al sultán y eso es exactamente lo que voy a hacer.

Sara lo miró sin ocultar su asombro.

–¿Aún planeas entregarme al sultán?

–Sí.

–No puedes hacerlo.

–Espera y verás.

Sara se humedeció los labios, repentinamente secos.

–Me matará.

–Antes tendría que matarme a mí. No seas absurda, Sara. Y ahora no te muevas. Al menos aún.

Sara no entendió a qué se refería Suleiman hasta que vio que se encaminaba a su caballo, sacaba otra cantimplora y humedecía generosamente con agua su tocado antes de volver a encaminarse hacia ella. Con expresión seria, se agachó junto a ella para limpiarle el vientre. Sara sintió que sus mejillas se acaloraban, pues resultaba extrañamente íntimo que Suleiman estuviera limpiando la semilla ya seca que había derramado sobre su vientre.

–¿Estás borrando tu rastro? –preguntó.

–¿Acaso crees que es tan fácil? Ojalá –el amargo tono de Suleiman reflejó el que había utilizado Sara–. Y ahora vístete. Vamos a cabalgar juntos hasta el palacio.

Capítulo 7

EL SOL ya estaba bajo en el cielo cuando Sara y Suleiman detuvieron sus monturas frente a las puertas de la residencia de verano del sultán. El inmenso palacio se erguía majestuosamente ante ellos. Era la primera vez que Sara veía aquel edificio de fábula y, en cualquier otra ocasión, se habría tomado el tiempo necesario para admirar su espléndida arquitectura. Pero aquel día su corazón estaba demasiado atemorizado mientras pensaba en lo que le aguardaba.

¿Qué iba a decirle al sultán después de lo sucedido? Nunca lo había amado, ni deseado, pero tampoco había querido que las cosas acabaran así. No quería hacerle daño, ni herir su orgullo.

¿Querría castigarla? ¿Castigar a su hermano y a su reino?

Pero, sucediera lo que sucediese, sabía que no iba a lamentar lo que había pasado entre Suleiman y ella. Tal vez había estado mal, pero las palabras que había susurrado justo antes de que Suleiman la penetrara habían sido ciertas. «¿Cómo puede estar mal algo que nos hace sentir tan bien?».

Contempló el pétreo perfil de Suleiman mientras bajaba de su montura. No había pronunciado una sola palabra durante todo el trayecto. Alzó la mirada hacia el cielo azul del desierto y se estremeció. Si alguna vez se había sentido atrapada, estaba descubriendo rápidamente un nuevo significado para aquella palabra. Un hombre hostil la había llevado hasta allí para entregarla a otro, y no tenía ni idea de cómo iban a salir las cosas.

El instinto la impulsaba a dar la vuelta y salir corriendo en su caballo en dirección opuesta, pero durante aquel trayecto no había podido evitar pensar en lo que le había dicho Suleiman. ¿Realmente se había pasado la vida huyendo? Siempre se había considerado una persona intrépida, que había demostrado tener verdadero valor al ser capaz de establecerse por su cuenta en Londres, alejada de la vida fácil y consentida que habría podido llevar. Era inquietante pensar que tal vez había algo de cierto en la acusación de Suleiman.

Su llegaba había sido obviamente observada desde el palacio, pues las altas puertas de entrada se abrieron silenciosamente para que pasaran con sus monturas al interior del patio cubierto de grava. Un sirviente vestido con una túnica blanca se acercó a ellos, hizo una breve reverencia en dirección a Sara y luego se volvió hacia Suleiman.

—El sultán desea darle su más cálida bienvenida, Suleiman Abd al-Aziz. Me ha dado instrucciones para decirle que sus habitaciones están listas y que ambos pueden descansar un rato antes de reunirse con él para cenar.

—No.

La negativa de Suleiman fue tan enfática que sobresaltó a Sara. El sirviente también pareció realmente sorprendido.

–La princesa puede disfrutar de la hospitalidad del sultán –continuó Suleiman–. Pero es imperativo que yo hable con Su Majestad Imperial sin más retraso. Lléveme ahora ante su presencia.

Sara percibió la confusión del sirviente, pero la fuerza de la personalidad de Suleiman era tal que el hombre se limitó a asentir y a guiarlos al interior del palacio mientras hablaba rápidamente a través de alguna especie de moderno transmisor receptor portátil.

Una vez en el interior, donde había un grupo de sirvientas aguardándolos, Suleiman se volvió hacia Sara con una expresión impenetrable en el rostro.

–Ve con esas mujeres. Ellas se ocuparán de tu aseo –dijo en un tono que no admitía réplica.

–Pero...

–Nada de peros, Sara. Hablo en serio. Este es mi territorio, no el tuyo. Deja que me ocupe de todo.

Sara abrió la boca para protestar, pero la cerró rápidamente, aliviada. Aunque fuera una actitud cobarde, en el fondo agradecía que Suleiman estuviera dispuesto a responsabilizarse de todo.

–Gracias –murmuró.

–¿Gracias por qué? –preguntó él con amargura–. ¿Por haber tomado lo que nunca fue mío? Vete ya, Sara. Vete.

Suleiman permaneció muy quieto viendo cómo se alejaba. Sus sentimientos eran un auténtico caos y su corazón estaba enfermo de pavor. Contempló el pelo revuelto de Sara, sus ropas arrugadas y desordenadas. Tragó saliva convulsivamente. Si el sultán hubiera visto su arrebolado rostro, ¿no habría adivinado la causa de su desarreglada apariencia?

Con el corazón en un puño, se volvió para seguir al sirviente.

¿Cómo iba a ser capaz de decirle la verdad a Murat? ¿Cómo iba a admitir lo que había hecho? Aquello suponía la peor traición posible por parte de las dos personas que más leales deberían haber sido al soberano.

Le hicieron pasar a una sala que reconoció de tiempos pasados. Alzó la mirada hacia los altos y arqueados techos con sus intrincados mosaicos antes de que el sultán entrara en la sala, solo. Sus inescrutables ojos negros sometieron a Suleiman a una larga y dura mirada.

—Suleiman —dijo finalmente—. Esta es una reunión realmente poco convencional. Estaba en un momento crucial de mi partida de backgammon cuando me han dicho que querías verme de inmediato. ¿Es eso cierto?

La interrogante mirada del sultán hizo que Suleiman experimentara una terrible oleada de tristeza. En otra época su relación fue tan cercana que tal vez incluso habría hecho una broma sobre su supuesta insubordinación. El sultán se habría reído con suavidad y le habría replicado en el mismo tono. Pero el asunto que lo había llevado allí no se prestaba precisamente a las bromas.

—Sí, es cierto.

—¿Y puede saberse qué ha provocado esta sorprendente interrupción del protocolo?

Suleiman tragó saliva.

—He venido a decirte que la princesa Sara no se va a casar contigo.

El sultán permaneció unos segundos en silencio.

Sus rasgos, afilados como los de un halcón, no revelaron nada.

–¿Y no debería decirme eso la princesa en persona? –preguntó con suavidad.

Suleiman sintió que se le encogía el corazón al comprender que los años de lealtad y amistad que había compartido con el sultán se veían amenazados por su estúpido acto de deslealtad y lujuria.

–Debo confesar que he...

–¡No! –la palabra surgió de entre los labios de Murat como un latigazo a la vez que alzaba la mano para acallar a Suleiman–. Contén tu lengua. Si me dices algo que no debería escuchar no me quedará más remedio que acusarte de traición.

–¡Pues que así sea! –dijo Suleiman, sintiendo que su corazón estaba a punto de estallar–. Si ese ha de ser mi destino, lo aceptaré como un hombre.

La expresión del sultán se endureció, pero enseguida movió la cabeza.

–¿Crees que yo haría eso? ¿Crees que merece la pena destruir una amistad como la nuestra, que ha superado el paso del tiempo y los retos de la jerarquía, por una mujer? ¿Por cualquier mujer?

–Aceptaré cualquier castigo que consideres adecuado para mí.

–Quieres que nos peguemos, ¿no? ¿Es eso?

Suleiman miró a Murat y, por unos instantes, viajó atrás en el tiempo. De pronto ya no eran dos hombres poderosos con todas las cargas y responsabilidades que conllevaba la edad, sino dos muchachos de ocho años midiéndose en los establos del palacio. Sucedió poco después de que Suleiman fuera comprado a su madre. Mantenían una discusión que acabó con un puñetazo que propinó Suleiman al joven sultán.

Recordó la sorpresa que delató el rostro de Murat, que acababa de comprender que estaba ante alguien dispuesto a enfrentarse a él. Incluso a golpearlo. Impidió que sus enfadados cortesanos se abalanzaran sobre Suleiman, pero al día siguiente empezó a tomar lecciones de boxeo y, dos semanas después, retó a Suleiman y le dio una buena tunda. Después de aquello, el porcentaje de victorias y derrotas entre ambos quedó igualado.

Suleiman se preguntó cuál de los dos ganaría si se pelearan en ese momento.

—No, no quiero pelear contigo. Pero me preocupa lo que pueda suceder si no se lleva este matrimonio adelante.

—¡Haces bien preocupándote! —dijo Murat con severidad—. Sabes muy bien que lo que se buscaba con ese matrimonio era una alianza entre dos países.

Suleiman asintió.

—¿No podría encontrarse una solución alternativa? Podría firmarse un nuevo acuerdo de paz entre Qurhah y Dhi'ban que podría terminar definitivamente con todos estos años de agitación. A fin de cuentas, encontrar una solución diplomática resultaría más moderno y apropiado que seguir con la vieja costumbre de los matrimonios dinásticos.

Murat se rio con suavidad.

—Cuánto echo en falta tus habilidades de diplomático, Suleiman. Y también tu infalible habilidad para elegir a las mujeres más bellas en nuestros viajes —suspiró melancólicamente antes de añadir—: Algunas realmente inolvidables, según recuerdo.

Pero Suleiman estaba demasiado preocupado como para verse distraído por aquellos recuerdos.

–¿Crees que el plan que sugiero es posible, Murat? El sultán se encogió de hombros.

–Es posible. Llevará mucho trabajo, muchas reuniones y maniobras, pero es posible, sí.

Los dos hombres se miraron y Suleiman apretó los dientes.

–Ahora dime cuál va a ser mi castigo.

Se produjo un breve silencio.

–Oh, eso es fácil. Te castigo a que te lleves a esa mujer contigo y hagas con ella lo que quieras. Porque te conozco y sé cómo funciona tu mente. He visto en incontables ocasiones cómo te aburrías del inevitable apego que suelen manifestar las hembras de la especie. Te garantizo que dentro de un mes te habrá vuelto loco.

Las palabras de Murat aún resonaban en los oídos de Suleiman mientras esperaba en el patio del palacio a que Sara saliera. Y, cuando lo hizo, con su pelo rubio aún húmedo, fue incapaz de contener el instintivo deseo que se adueñó de él, seguido de inmediato por un sentimiento igualmente potente de arrepentimiento.

Sara estaba pálida y sus ojos se ensombrecieron de ansiedad cuando lo miró.

–¿Qué ha dicho?

–Acepta la situación. La boda se cancela.

–¿Así como así? –preguntó Sara sin ocultar su sorpresa.

La boca de Suleiman se endureció. ¿Cómo reaccionaría Sara si le contara la verdad, si le dijera que Murat había hablado de ella como de un cáliz envenenado que estuviera pasando a su antiguo asesor, cuyo castigo iba a consistir en poseerla, no en perderla?

Sospechaba que no volvería a hablarle nunca. Pero él no estaba preparado para aquello.

Aún no.

—Ha aceptado la idea de buscar una solución diplomática.

—¿En serio? —preguntó Sara, confundida, como si le costara comprender aquella reacción por parte de Murat—. Pero eso es bueno, ¿no?

—Dadas las circunstancias, es un compromiso aceptable —dijo Suleiman, que sostenía en su mano un juego de llaves que destellaron bajo los rayos del sol—. Y ahora vámonos. Los caballos se quedan aquí. Vamos a viajar en uno de los coches del sultán.

Sara trató de mantener el paso de Suleiman mientras lo seguía por el patio, pero no se animó a preguntarle nada hasta que estuvieron en el interior del coche, disfrutando de su bendito aire acondicionado.

—¿Adónde vamos?

Suleiman no contestó de inmediato. De hecho, esperó hasta que el palacio quedó bien atrás y tan solo quedaron rodeados por la arena y el vacío. Entonces detuvo el coche a un lado de la desierta carretera, se quitó el cinturón de seguridad y luego se inclinó para soltar el de Sara.

—¿Qué... qué haces? —preguntó ella, desconcertada.

—Quiero besarte.

—Suleiman...

Suleiman acalló a Sara besándola con dureza, haciéndole sentir la rabia que emanaba de él en oleadas. Luego se deslizó hacia el asiento que ocupaba Sara en el vehículo de lujo y comenzó a acariciarle los pechos con una mano mientras metía la otra debajo de su vestido. Dejó de besarla y la miró mientras deslizaba la mano hacia arriba por su muslo.

–Suleiman... –repitió ella, como si pronunciando otra vez su nombre fuera a encontrarle algún sentido a aquella situación.

–Solo puedo pensar en ti –dijo él roncamente–. Solo quiero tocarte de nuevo. Me estás volviendo loco.

Sara tragó saliva al sentir que introducía un dedo bajo sus braguitas.

–Esta no es la respuesta...

–¿Ah, no?

Suleiman había alcanzado el centro de su deseo y comenzó a acariciar su exquisitamente excitada carne, de manera que el aroma del sexo de Sara se adueñó del sutil perfume a pétalos de rosa con que la habían bañado.

–No... Oh, Suleiman. No es justo.

–¿Y quién ha hablado de justicia? –preguntó él mientras la seguía acariciando.

–Oh...

–¿Sigues pensando que esta no es la respuesta?

Sara negó con la cabeza y Suleiman experimentó una embriagadora sensación de triunfo al ver cómo se dejaba caer contra el respaldo del asiento y abría las piernas para él. Pero su expresión permaneció adusta mientras seguía acariciándole el sexo y toda clase de oscuras emociones se agitaban en su interior.

Se distrajo contemplando cómo se retorcía Sara de placer bajo sus caricias. Miró el rubor que cubrió su piel y sintió cómo cambiaba su cuerpo cuando empezó a arquear la espalda. Sus gemidos comenzaron a volverse más y más intensos, y Suleiman creyó ver un destello de rabia o pesar en su mirada antes de que cerrara los ojos y gritara su nombre, a pesar de que tuvo la sensación de que no quería hacerlo.

Después se alisó la túnica con manos temblorosas, y cuando se volvió a mirar a Suleiman este vio en su rostro una expresión que no había visto nunca. Parecía satisfecha, desde luego, pero también decidida a... Los ojos de Sara destellaron fuego violeta cuando alzó la túnica de Suleiman.

—¿Qué haces? —preguntó él.

—Haces demasiadas preguntas —contestó Sara mientras liberaba la erección de Suleiman, tan intensa que casi resultaba dolorosa, y lo tomó en su boca, haciendo que, casi de inmediato, liberara su semilla en ella.

Suleiman no se había sentido tan impotente en su vida. Ni tan excitado. Cuando abrió los ojos para mirarla vio que ella contemplaba el horizonte con los hombros y la mandíbula tensos.

—¿Sara?

Cuando ella se volvió a mirarlo, Suleiman se sintió conmocionado por su palidez.

—¿Qué?

Suleiman tomó una de sus manos y se la llevó a los labios para besarla.

—¿No has disfrutado?

Sara se encogió de hombros.

—A determinado nivel, sí, por supuesto, como me imagino que has disfrutado tú. Pero esto no ha sido solo sexo, ¿verdad, Suleiman? Me ha parecido más rabia que otra cosa. Creo que puedo entender por qué sientes rabia, pero no me agrada especialmente que la manifiestes así.

—Tú también estabas enfadada —contestó él con suavidad.

Sara volvió de nuevo la mirada hacia el inmenso horizonte.

—Estaba sintiendo otras cosas además de enfado.

—¿Qué cosas?

—Tonterías, ya sabes. Arrepentimiento, tristeza, pesar por constatar que nada permanece nunca igual —Sara se volvió de nuevo hacia Suleiman, diciéndose que debía ser fuerte. La amistad que habían compartido hacía tantos años se había visto rota por el paso del tiempo y las circunstancias. Y ahora por el deseo. Y ser consciente de ello le dio ganas de taparse la cara con las manos para llorar desconsoladamente.

Se obligó a sonreír.

—Y ahora que todo ha acabado, ¿vas a llevarme de regreso al aeropuerto para que pueda volver a Inglaterra?

Suleiman alzó una mano para acariciarle el rostro antes de inclinarse hacia ella, de manera que sus labios quedaron a escasos centímetros.

—¿Realmente piensas que ha acabado todo?

Sara cerró un instante los ojos. «Di que sí», se dijo. «Es la única solución racional. Has escapado de las garras del matrimonio con el sultán, y sabes que no hay futuro en esto». Cuando abrió los ojos se encontró mirando las negras profundidades de los de Suleiman. Su boca estaba tan cerca que podía sentir su aliento, y tuvo que luchar contra la tentación de besarlo.

¿Habían acabado?

Debería volver a Inglaterra a empezar de nuevo. Debería retomar su trabajo con Gabe, si volvía a aceptarla, y seguir como antes. Como si nada hubiera pasado.

Se mordió el labio inferior, porque no era fácil encontrar una respuesta. Lo cierto era que sí había sucedido algo y ¿cómo podían volver a ser las cosas como antes? Se sentía diferente porque era diferente. Inevitablemente. Se había visto liberada de un matrimonio forzado, pero se sentía confundida. Su futuro parecía tan desconcertante como antes, y todo se debía a Suleiman.

Había tratado de enterrar sus recuerdos, pero estaba claro que eso no había funcionado. Y haber hecho el amor con él había despertado todos los sentimientos que había reprimido durante todos aquellos años. Había despertado un hambre sexual que la estaba devorando incluso en aquellos momentos, minutos después de haber experimentado un orgasmo en el asiento delantero del coche del sultán. Daba igual lo que pensara que debería hacer porque sabía que solo hacía falta una caricia de Suleiman para que hiciera con ella lo que quisiera.

Y tal vez aquella era la respuesta. Tal vez solo necesitaba tiempo para convencerse de que su arrogancia acabaría resultándole intolerable a la larga. Si se apartaba de él ahora, antes de haberse saciado, ¿no volvería a verse atrapada en el mismo ciclo de seguir deseándolo siempre?

–¿Tienes una sugerencia mejor? –preguntó.

–La tengo. Una sugerencia mucho mejor –Suleiman le acarició el pelo a Sara antes de continuar–. Podríamos tomar mi avión y volar a algún sitio.

—¿Adónde?

—Al sitio que quieras, mientras cuente con determinado nivel de comodidad. Estoy harto de la arena del desierto y de que tengamos que montárnoslo en el asiento delantero de un coche como dos adolescentes. Quiero meterme en una cama contigo y pasar en ella una semana.

Capítulo 8

Y POR qué has elegido París? –preguntó Sara con la boca llena de cruasán.

Suleiman se inclinó sobre la sábana y utilizó la punta de un dedo para rescatar unas migas que habían caído sobre el pecho desnudo de Sara. Luego se llevó el dedo a la boca y lo succionó sin apartar la mirada de su rostro.

Sara quiso besarlo por todo el cuerpo. Quería rodearlo con sus brazos, presionar el cuerpo contra el suyo, cerrar los ojos y dejar que Suleiman coloreara su mundo. Porque eso era lo que sucedía cada vez que la tocaba.

–Es mi hotel favorito –dijo Suleiman–. Y hay un motivo por el que París es conocida como la ciudad de los amantes. Podemos permanecer en la cama todo el día y nadie pestañeará. No necesitamos poner un pie fuera de la puerta si no queremos.

–Eso resulta muy conveniente –comentó Sara con ironía–, porque es exactamente lo que estamos haciendo. Llevamos aquí tres días y ni siquiera he subido a la Torre Eiffel.

Suleiman le besó un pezón.

–¿Y quieres subir a la Torre Eiffel?

–Tal vez –Sara dejó el plato en la mesilla y se recostó contra las almohadas. Lo que le estaba haciendo Suleiman con la lengua a su pezón la estaba distrayendo del desayuno, pero había otras cosas en su mente. Preguntas que no dejaban de surgir por mucho que se empeñara en eludirlas.

Se había dicho que había un buen motivo por el que se suponía que uno debía vivir el presente, pero a veces resultaba imposible evitar pensamientos sobre el futuro, o sobre el pasado, que oscurecían los bordes de la mente.

–¿Has traído aquí a otras mujeres? –preguntó en tono desenfadado, como distraída.

Se produjo una pausa. Suleiman dejó de acariciarle el pecho y le dedicó una mirada que no resultó precisamente reconfortante para Sara

–¿Qué quieres que te diga? ¿Que eres la primera?

–Por supuesto que no. En ningún momento me he imaginado que lo fuera.

Pero pensar que otras mujeres habían estado tumbadas allí mismo desagradó a Sara más de lo que debería haberle desagradado. De hecho, más que desagradarle, le dolió. Imaginarse a Suleiman lamiendo el pecho de otra hizo que su mente se llenara de pensamientos muy negros. Casi se sintió mareada de rabia. Y de celos. Y de otro montón de sentimientos que no tenía derecho a sentir.

Debería haberse imaginado que iba a suceder aquello. Debería haber escuchado y hecho caso de las dudas que la asaltaron aquel día en el desierto, cuando Suleiman le ofreció volar a cualquier parte del mundo y ella sonrió con la sonrisa de una mujer perdidamente enamorada y dijo que sí.

Y había sucedido justo lo que se había temido. Sus sentimientos por Suleiman no se habían ido desvaneciendo. Sentía por él más de lo que quería, y más de lo que era seguro sentir. Sin embargo, sabía que la finalidad de aquel viaje había sido liberarse de una vez por todas de aquella pasión. Para ambos. Algo que había empezado de una forma tan complicada debía tener un final claro para que ambos pudieran seguir adelante con sus vidas. Eso también lo sabía.

De manera que, ¿qué había pasado?

Que Suleiman había empleado todos sus recursos. Eso era lo que había sucedido. Siempre lo había adorado y ahora además había un factor nuevo de atracción, porque su gran fortuna le confería un innegable glamour. Y el glamour y el deseo mezclados producían un cóctel realmente poderoso.

La había llevado en su propio avión, y tenía la impresión de que había disfrutado presumiendo de ello, a París, una ciudad en la que no había estado nunca. Allí había reservado la suite presidencial en el hotel George V, donde había quedado claro que todos los empleados lo conocían. Después se había empeñado en llevarla de compras, y no solo porque el vestuario de Sara era escaso e inadecuado, sino porque quería comprarle cosas. Ella le dijo que prefería ocuparse personalmente de sus compras, pero finalmente acabó aceptando. Probablemente, el hecho de estar haciendo el amor de forma casi constante con él había debilitado su voluntad.

Sara se irguió en la cama y frotó con la mano el resto de las migas del cruasán.

–¿Cuántas? –preguntó a la vez que salía de la cama, muy consciente de que Suleiman la estaba mirando.

–¿Cuántas qué? –dijo él con el ceño fruncido.

–Cuántas mujeres –Sara se encaminó hacia uno de

los ventanales sin entender por qué había hecho una pregunta que se había jurado firmemente no hacer.

–Puedo ofrecerte tanto placer gracias a que conozco bien a las mujeres, Sara.

–Sí –contestó ella, contemplando sin ver las impresionantes vistas de París que se divisaban desde allí–. Supongo que eso es cierto.

Escuchó el repentino sonido del silencio que se adueñó de la habitación. Uno de esos silencios que se producían a veces entre las personas y que podían decir tanto. O tan poco. Silencios en los que tenía que esforzarse para no pronunciar las palabras que querían aflorar, que habían ido creciendo en su interior a lo largo de los días, de los años, y que sabía que Suleiman no querría escuchar.

Trató de contemplar el paisaje urbano que tenía ante sí como si fuera lo más maravilloso que había visto en su vida, cosa que no le resultó fácil porque su visión empezó a volverse borrosa.

–¿Sara?

Ella negó con la cabeza, rogando para que Suleiman no insistiera. «Déjame en paz. Deja que lo supere a mi ritmo».

–Mírame, Sara.

Sara necesitó unos segundos más para volverse hacia él con una forzada sonrisa en los labios.

–¿Qué quieres?

Suleiman entrecerró los ojos especulativamente.

–¿Son lágrimas lo que estoy viendo?

–No, claro que no –contestó Sara, que se frotó de inmediato los ojos casi con rabia–. Y si lo son solo se deben a mis malditas hormonas.

–Ven aquí.

–No quiero. Estoy disfrutando de las vistas.

Suleiman deslizó la mirada por su voluptuoso cuerpo desnudo.

–Yo también estoy disfrutando de las vistas, pero quiero que vuelvas a la cama y me cuentes qué te pasa.

Sara se planteó la posibilidad de negarse, pero ¿qué otra cosa podía hacer en aquel dormitorio con Suleiman mirándola de aquella manera? Se sentía muy vulnerable, y no solo por estar desnuda. Se sentía más y más vulnerable con cada hora y cada día que pasaba, consciente de que estaba entregándole su corazón.

Cuando Suleiman alargó los brazos hacia ella acudió a su lado como atraída por un imán. Le encantaba la sensación de su cuerpo desnudo enlazado con el de ella. Se acurrucó junto a él con la esperanza de que la cercanía lo distrajera y dejara de hacerle preguntas que no quería contestar. Pero no. Suleiman la tomó por la barbilla de manera que solo pudo contemplar el negro brillo de sus ojos.

–¿Quieres hablar de ello, princesa?

–En realidad, no.

–¿Quieres que lo adivine?

–Déjalo, Suleiman. No tiene importancia.

–Yo creo que sí la tiene. Te estás enamorando de mí.

Sara se tensó. Tal vez no se le daba tan bien ocultar sus sentimientos como creía. Pero Suleiman tampoco era tan listo como parecía. Había interpretado bien el sentimiento, pero se había equivocado en el tiempo verbal elegido. No se estaba «enamorando» de él; siempre lo había amado. Le dedicó una fría sonrisa.

–Supongo que ese es uno de los riesgos del oficio para ti, ¿no?

–Sí –contestó él, serio–. Me temo que así es.

Sara se rio a pesar de todo.

–Sin duda eres el hombre más arrogante que he conocido.

–Nunca he negado mi arrogancia.

–¡Admitirla no la justifica!

Sara trató de apartarse de los brazos de Suleiman, pero él la sujetó por las muñecas para impedírselo.

–No puedo evitar ser quien soy, Sara. Y tengo suficiente experiencia como para darme cuenta de cuándo está perdiendo una mujer su corazón por mí. Cariño, ¿te importaría dejar de retorcerte y de mirarme así? Escucha lo que tengo que decirte.

–No quiero escuchar.

–Creo que deberías hacerlo

Sara permaneció muy quieta entre los brazos de Suleiman, consciente de la tormenta que había en su corazón.

–No quiero que esto se convierta en una larga despedida.

–Yo tampoco –Suleiman le colocó un mechón de pelo tras la oreja a Sara y suspiró–. Pero creía que sí.

–¿Qué quieres decir?

Suleiman se quedó mirando a Sara como si no supiera cuánto decirle. Pero aquella era Sara, y su relación con ella siempre había sido especial y única. Las reglas habituales no valían con aquella belleza rubia que conocía desde que era una niña.

–Normalmente, cuando una mujer alcanza ese estado empiezo a aburrirme y a volverme cauteloso.

–¡Ese estado! –repitió Sara, indignada–. Lo dices como si se tratara de alguna clase de infección.

Suleiman se rio.

–Sé que también eso ha sonado arrogante, pero estoy tratando de decirte la verdad. ¿O preferirías que la disimulara con halagos y me comportara como si fueras la única mujer con la que he estado?

–No –contestó Sara, tratando sin demasiado éxito de no enfurruñarse.

–Normalmente, a estas alturas de una relación suelo llegar a la conclusión de que debe acabar, por mucho deseo que sienta. Porque una desigualdad de afectos puede resultar muy dolorosa, y nunca me han gustado los juegos de crueldad emocional.

–Me alegro por ti –dijo Sara en tono sarcástico. El corazón le latió con fuerza mientras esperaba a escuchar lo que seguía a continuación, pero mantuvo la expresión tan impasible como pudo porque no pensaba darle a Suleiman la posibilidad de rechazarla.

Se obligó a sonreír con la esperanza de parecer realmente adulta y razonable, porque no pensaba ponerse a llorar y suplicar aferrándose a las piernas de Suleiman mientras se iba de su vida.

–Has sido muy sincero conmigo, así que deja que yo también lo sea contigo. Siempre tuve debilidad por ti. Desde niña. Ambos lo sabemos. Ese fue uno de los motivos por el que aquel beso que nos dimos cuando tenía dieciocho años se transformó en mucho más.

–Ese beso cambió mi vida –dijo Suleiman con franqueza.

Sara sintió que se le encogía el corazón. Suleiman no debía decirle cosas como aquella, pues podía interpretarlas de un modo que probablemente él no quería.

–Estos días en París han sido geniales. Lo sabes. Eres un amante genial, y estoy segura de que no soy la primera mujer en decírtelo. Pero ambos sabemos que esto no puede ir hacia ninguna parte, y no debemos tratar de convertirlo en más de lo que es, porque podríamos estropearlo. Cuando algo está fuera de nuestro alcance resulta mucho más tentador. Por eso...

Suleiman la silenció apoyando un dedo en sus labios.

–Creo que te quiero.

Sara se quedó paralizada. ¿No resultaba extraño que una soñara con que un hombre le dijera aquello y que cuando sucediera no fuera en absoluto como lo había pensado? Para empezar, Suleiman había matizado sus palabras. ¿«Creía» que la amaba? Aquella era la clase de cosa que se decía cuando uno salía con paraguas un día soleado. «Creía que iba a llover». No creía sus palabras. No se atrevía a creerlas.

–No digas eso –siseó.

–¿Aunque sea cierto? –Suleiman pareció sorprendido.

–Especialmente si es cierto –dijo Sara y, de pronto, rompió a llorar.

–¿Qué he hecho mal? –preguntó Suleiman, perplejo.

–¡Nada!

–Entonces, ¿por qué lloras?

Sara negó con la cabeza y se puso a hablar entre sollozos. Suleiman apenas pudo comprenderla, pero la oyó decir «siempre», rápidamente seguido de «nunca», y, al final, «imposible». Finalmente alzó el rostro bañado en lágrimas hacia él.

–¿No lo entiendes, tonto? –susurró–. Creo que yo también te quiero.

–¿Y por qué lloras?

–¡Porque nunca podría funcionar! ¿Cómo iba a funcionar?

–¿Por qué no?

–Porque nuestras vidas son totalmente incompatibles, por eso –Sara se frotó las mejillas con la mano–. Tú vives en Samahan y yo en Londres. Tú eres un rico petrolero y yo una artista rara.

–¿Y piensas que esa es una barrera insalvable? Creo que hay parejas que han superado problemas prácticos más complicados.

Sara negó con la cabeza mientras todos sus viejos temores volvían a acuciarla. Pensó en su madre. El amor no la había hecho precisamente feliz. Porque el amor era solo un sentimiento que no tenía garantías de durar. Lo que habían experimentado Suleiman y ella en aquellos días estaba a años luz de sus vidas normales. ¿Cómo iba a sobrevivir algo así si era trasplantado a los mundos separados en que habitaban?

–En el fondo no nos conocemos realmente, Suleiman –dijo.

–Eso no es cierto. Te conozco desde que tenías siete años. Te conozco mejor que a ninguna otra mujer.

–Pero no nos hemos conocido adecuadamente como adultos. No sabemos si somos compatibles.

–Yo creo que somos muy compatibles –dijo Suleiman a la vez que le pasaba una mano por la cintura a Sara.

–Esa no es la clase de compatibilidad a que me refería.

–¿Ah, no?

–No. No estoy hablando de momentos de pasión, de fines de semana sin salir de la cama en los mejores hoteles del mundo. Estoy hablando de la vida normal, Suleiman, de cada día –Sara se apartó de él para poder mirarlo bien–. ¿Cuál sería tu mejor perspectiva para nosotros? ¿Cómo te gustaría que fueran las cosas?

–Eso es fácil. Ya no tienes trabajo, ¿no?

–Oficialmente no. Le dejé una carta a Gabe el día que me fui, diciéndole que había tenido que irme de pronto y que no sabía si volvería. No es la clase de cosas que suelen hacer sus empleados, de manera que no sé si volverá a admitirme. Hay mucha gente a la que le encantaría ocupar mi puesto y dudo que Gabe esté dispuesto a darme otra oportunidad después de haberlo dejado en la estacada sin previo aviso.

Si Sara esperaba ver algún indicio de remordimiento en la expresión de Suleiman, se llevó una decepción, porque lo que hizo fue sonreír.

–Perfecto –dijo.

–No entiendo qué tiene de perfecto que dejara a mi jefe colgado y que ahora carezca de un futuro seguro al que volver.

–Pero esa es la cuestión, Sara. Sí tienes un futuro seguro, aunque sea un futuro distinto al que te imaginabas –Suleiman sonrió como si acabara de enterarse de que sus acciones acababan de revalorizarse un diez por ciento en la bolsa–. No tienes por qué volver a trabajar para ninguna empresa. Se acabó lo de fichar al entrar y al salir, lo de comer deprisa y corriendo un sándwich en tu despacho.

–Gabe se preocupa de que sus empleados estén

bien alimentados y tiene un servicio de comedor excelente –dijo Sara con frialdad–. Y creo que estás pasando por alto un detalle importante. «Quiero» volver a trabajar. Es a lo que me dedico. ¿Qué otra cosa sugieres que haga?

–Es sencillo. Ven conmigo a Samahan.

–¿A Samahan? –preguntó Sara con gesto de incredulidad.

Suleiman entrecerró los ojos.

–Por tu expresión, parece que te hubiera sugerido que te instalaras en el Hades. Pero creo que te llevarías una gran sorpresa. Samahan ha prosperado mucho desde las últimas guerras fronterizas. El petróleo que se ha encontrado ha aportado mucha riqueza y mejoras al país. Y te aseguro que mi casa no te decepcionará, Sara. Fue diseñada por un prestigioso arquitecto uruguayo y otro experto se ocupó de diseñar los jardines. Tengo establos con algunos de los mejores caballos del mundo. Cuento con un gran equipo.

Sara reconoció lo que estaba haciendo Suleiman. Aquello era el equivalente moderno a un gorila macho golpeándose el pecho. Estaba tratando de demostrarle cuánto había logrado a pesar de sus humildes orígenes y quería hacerle ver que pensaba tratarla como a una princesa, pero no era eso lo que ella quería.

–¿Y qué voy a hacer durante todo el día en tu maravillosa casa?

–Hacerme el amor.

–Eso resulta extremadamente tentador –dijo Sara con una sonrisa–. Pero ¿qué haré cuando tú no estés, cuando estés ocupado con tu trabajo?

–Hay muchas cosas de las que disfrutar. Puedes nadar, explorar mi extensa biblioteca...

—Como unas perpetuas vacaciones, ¿no?

—No necesariamente. Seguro que encuentras algo que hacer allí, Sara. Sé que lo harás. Descubrirás que las tierras del desierto están cambiando. ¿Cuánto hace que no visitas la región?

—Años —dijo Sara distraídamente—. Y creo que será mejor que pares ya. Eres un encanto y estoy segura de que tu casa es maravillosa, pero no quiero ir a Samahan. Quiero volver a Londres porque aún hay cabos sueltos que atar. Le debo una explicación a Gabe y quiero acabar el proyecto que dejé a medias. Podrías venir conmigo si quisieras —ofreció finalmente.

—¿Ir contigo? —repitió Suleiman con cautela.

—¿Por qué no? Podemos comprobar si somos compatibles allí y, si es así, tal vez podría plantearme lo de Samahan. ¿No te parece un plan razonable?

A pesar de que notó cómo se endurecía la expresión de sus labios, Suleiman la sorprendió deslizando una mano entre sus piernas.

—Creo que ya hemos perdido suficiente tiempo hablando de geografía.

—Suleiman...

Suleiman se inclinó hacia ella y la besó en el cuello.

—¿Quieres que pare?

—Eso es lo último que quiero.

Sara creyó percibir un matiz de triunfo en la suave risa de Suleiman mientras se ponía un preservativo y volvía a tumbarse en la cama con expresión satisfecha. «Como un héroe conquistador», pensó mientras él la alzaba como una especie de trofeo, resintiendo la parte de sí que disfrutaba con ello.

El gemido de Suleiman hizo eco del suyo cuando

la situó sobre su erección y la penetró dejando que se deslizara hacia abajo. Con cada movimiento de sus caderas, Sara lo absorbió más y más profundamente mientras se preguntaba qué estaría pensando. Sabía que la estaba contemplando mientras su melena rubia se balanceaba libremente siguiendo el ritmo de los movimientos de su cuerpo... y de pronto se encontró «actuando» para él.

¿Trataba de demostrarle que estaba a la altura de todas las mujeres que la habían precedido en su cama, acariciándose los pechos y mordiéndose los labios con los ojos cerrados como si se estuviera dejando llevar por alguna desenfrenada fantasía secreta?

Fuera lo que fuese pareció funcionar, porque Suleiman se volvió loco por ella. Más loco de lo que lo había visto nunca. La tomó posesivamente con sus oscuras manos por las caderas para penetrarla aún más profundamente. Y cada vez que estaba a punto de alcanzar el orgasmo se detenía. En una de aquellas ocasiones, Sara gritó de auténtica frustración, pero Suleiman repitió el proceso una y otra vez hasta que ella le rogó que la liberara. Finalmente, Suleiman la tumbó de espaldas y le concedió su deseo. Sara sintió que su cuerpo se estremecía con el orgasmo más intenso que había experimentado hasta entonces, aunque, cuando empezó a desvanecerse, experimentó una repentina inquietud.

Una inquietud que fue creciendo con cada segundo. Porque lo que acababa de suceder había tenido más que ver con el poder que con otra cosa. Suleiman era un hombre acostumbrado a que se hicieran las cosas a su manera y, al negarse a seguir sus deseos, ella había tomado el control de la situación, y él había decidido recuperarlo utilizando lo que fuera necesario.

Sexo.

Poder.

Palacios.

Incluso palabras de amor que sonaban maravillosas hasta que una se preguntaba si realmente sabía lo que querían decir. ¿No serían un medio más para conseguir que viera las cosas a su manera?

Suleiman ni siquiera la había visto nunca en su entorno habitual. No conocía aquella importante parte de su personalidad.

—Quiero volver a Londres —dijo testarudamente—. ¿Vas a venir conmigo o no?

Capítulo 9

REPITE eso.

Sara miró a su jefe a los ojos cuando él dijo aquello. Estaba apoyado contra el respaldo de su asiento mirándola con evidente curiosidad.

–Sé que suena increíble.

Gabe Steel se rio.

–Increíble es poco, Sara. ¿Por qué has mantenido el secreto tanto tiempo?

Sara se encogió de hombros.

–Porque todo el mundo empieza a tratarte de forma diferente cuando averiguan que eres una princesa.

–Supongo que sí –Gabe Steel entrecerró los ojos mientras hacía girar en su mano una sólida pluma de oro–. ¿Y a qué ha venido el repentino cambio de opinión?

Sara estuvo a punto de empezar a contarle todo lo sucedido: que estaba comprometida a la fuerza con un sultán y que había puesto fin a aquel compromiso acostándose con el mejor amigo de este. Pero enseguida decidió que no sería buena idea. Los hombres podían mostrarse realmente tribales respecto a aquel tipo de cosas y no quería retratar a Suleiman como una especie de hombre malvado y sin principios.

Volvió la mirada hacia los enormes ventanales del despacho mientras pensaba en Suleiman caminando de un lado a otro en su apartamento de Londres como un tigre enjaulado. Era un apartamento grande, pero desde que Suleiman estaba allí parecía diminuto.

Cuando llegaron lo recorrió en unos segundos, apenas se dignó a mirar la cocina y enseguida quiso saber dónde estaba el jardín.

–No hay jardín –replicó ella, sin poder evitar ponerse a la defensiva.

–¿No hay jardín? –repitió él, incrédulo, haciendo caso omiso de las explicaciones de Sara sobre lo conveniente que resultaba tener cerca un parque.

Pocas horas después de llegar ya había convertido el segundo dormitorio del apartamento en una especie de improvisado despacho al que no dejaban de llegar correos día y noche, importantes documentos de los Estados Unidos, o de los países de Oriente Medio, y cada dos por tres estaba hablando con sus empleados en su lengua nativa.

Sara bromeó diciendo que parecían estar viviendo en las Naciones Unidas.

Suleiman le explicó que estaba tratando de decidir si instalar unas oficinas en Londres, pero que no podía tomar aquella decisión a la ligera.

Mientras, ella se ocupaba de los pequeños detalles y se vio obligada a contratar un servicio de limpieza a domicilio porque a Suleiman le gustaba cambiarse de ropa dos o tres veces al día. Aquello ayudaba a explicar por qué tenía siempre aquel aspecto impecable, pero no evitaba el latazo que suponía.

Sara trató de decirse que aquello solo eran minucias que podrían resolverse fácilmente, que Suleiman nunca había convivido con nadie y ella tampoco. Pero había un problema que no parecía tener una solución tan fácil, que era el de la administración de su propio tiempo. Era evidente que Suleiman estaba acostumbrado a que las mujeres estuvieran a su disposición para todo. No le gustaba que se levantara a las siete de la mañana para prepararse para ir al trabajo. A veces casi parecía celoso de su trabajo.

Y eso la asustaba.

Y la asustaban aún más sus crecientes sentimientos por él.

Era como si el amor que sentía por Suleiman, que había comenzado como una pequeña semilla, se estuviera convirtiendo en una enorme planta que lo abarcaba todo. Su presencia era tan dominante y su carácter tan absorbente que sentía que, si se lo permitiera, acabaría dominándola por completo y haciendo que se volviera invisible. Y no podía permitir que le hiciera aquello.

De manera que no cedió ni un milímetro ante los repetidos intentos de Suleiman para que dejara su trabajo en un segundo plano.

—Vuelve a la cama —solía decirle casi ronroneando a la vez que palmeaba la cama a su lado.

Pero Sara se ponía de todos modos su bata de seda y se alejaba a una distancia prudencial de él.

—Si te hago caso llegaré tarde al trabajo. Supongo que nunca has estado con una mujer que trabajara, porque de lo contrario no sé cómo habríais podido llegar a entenderos.

Además de irritante, la sonrisa de Suleiman resultó casi petulante.

—La mayoría de las mujeres están dispuestas a tomarse un día libre a cambio de algo que merece realmente la pena...

Ensimismada en sus pensamientos, Sara se dio cuenta de que Gabe la estaba mirando desde el otro lado de su escritorio, esperando aún alguna clase de explicación. Le dedicó una tímida sonrisa.

—Lo que me ha hecho cambiar de opinión ha sido un hombre.

—Suele serlo —dijo Gabe con un toque de ironía—. Supongo que ese es el motivo por el que ayer por la mañana llevabas la falda al revés, ¿no?

—¡Oh, Gabe! —Sara se llevó las manos a sus encendidas mejillas—. Lo siento tanto... No me di cuenta hasta que terminó la reunión y Alice me lo hizo ver.

—Olvídalo. Solo lo he mencionado porque el cliente lo hizo, así que supongo que será mejor que no se repita —tras sonreír, Gabe añadió—: ¿Y cómo se llama ese hombre?

—Suleiman Abd al-Aziz —contestó Sara sin poder evitar que se le suavizara la voz.

—¿El magnate del petróleo?

—¿Has oído hablar de él?

—A diferencia de las princesas, los magnates del petróleo tienden a no permanecer en el anonimato demasiado tiempo.

—No, supongo que no. Pero estaba pensando que... —Sara entrelazó los dedos en su regazo, muy consciente de sus nervios. Lo cierto era que, instintivamente, le aterrorizaba que Suleiman conociera a su poderoso y sexy jefe—. Quería que Suleiman se hiciera una idea de en qué consiste mi trabajo. Le he hablado de la campaña que hemos desarrollado para la nueva galería de arte de Whitechapel, y he pensado en traerlo a la fiesta de presentación de esta noche, si no te parece mal.

–Me parece una idea excelente. Hazlo –Gabe la miró con expresión expectante–. Y ahora, si ya hemos acabado con los detalles personales, ¿puedes traerme los bocetos que has hecho para Hudson?

Ya eran más de la seis de la tarde cuando Sara regresó a su apartamento. Suleiman, que estaba acostumbrado a ser atendido por sirvientes en todos los aspectos prácticos de la vida, no estaba interesado en cosas como salir a comprar y preparar comidas. Habían tomado por costumbre cenar siempre fuera, pero, a veces, a Sara le habría gustado limitarse a quitarse los zapatos y a picar algo tumbada en el sofá.

Por eso le pareció tan sorprendente encontrar aquel día a Suleiman en casa cocinando. Resultó tan incongruente verlo allí vestido con unos vaqueros mientras añadía algunos ingredientes a lo que estaba preparando que se quedó momentáneamente boquiabierta.

–¡Guau! –exclamó finalmente–. Menuda visión. ¿Qué estás haciendo?

–Me pregunto por qué resulta tan complicado encontrar albaricoques frescos en Londres –dijo él a la vez que le dedicaba una encantadora sonrisa–. Lo cierto es que trato de impresionar a mi princesa liberada preparándole la cena después del duro día que ha pasado en la oficina.

Sara dejó su bolso en la encimera, se acercó a él y lo rodeó con los brazos por el cuello.

–No sabía que supieras cocinar.

–Apenas lo hago últimamente. Pero, como ya sabes, en una época serví en el ejército, donde incluso los hombres más mimados por la vida debían aprender a preparar la comida.

Sara se rio, y un instante después estaba perdida

en el beso que le dio Suleiman. De pronto ambos olvidaron por completo la comida y todo lo demás, excepto la necesidad de estar lo más cerca posible el uno del otro. Sara tiró de los faldones de la camisa para sacarla de los pantalones de Suleiman y dejar expuesto su poderoso pecho desnudo.

Cuando tiró de su cinturón para quitarle los pantalones, Suleiman se rio roncamente y la empujó con firme delicadeza contra la puerta de la cocina. Le subió el vestido, le arrancó las braguitas y sofocó sus protestas con un ardiente beso. Sara oyó el sonido de la cremallera de sus pantalones cuando la bajó para liberar su erección. Deslizó una mano entre sus cuerpos para tocarlo, pero Suleiman le hizo retirarla. Luego la alzó apoyando ambas manos bajo su trasero y la penetró.

Sara lo rodeó con las piernas por las caderas y se aferró a él cuando empezó a moverse. Todo terminó rápidamente. Su cabeza languideció como una flor cortada cuando la apoyó contra el hombro de Suleiman.

–Agradable –murmuró con voz adormecida.

–¿Es eso todo lo que tienes que decir? Esperaba algo más lírico que «agradable»

–¿Qué te parece «formidable»?

–Formidable es una buena palabra –murmuró Suleiman.

Sara lo besó en el cuello.

–¿Quieres venir a la inauguración de la galería de Whitechapel? ¿Recuerdas que te lo mencioné? Es esta noche.

–No, no quiero. Y tú tampoco. Quedémonos en casa. Estoy preparando la cena, y seguro que después encontramos alguna forma de entretenernos.

Sara sintió que la calidez de su orgasmo comenzaba a desvanecerse.

–Yo tengo que ir, Suleiman.

–No, no tienes que ir a ningún sitio. Ya has trabajado todo el día.

–Ya lo sé. Pero se trata de mi trabajo. ¿Recuerdas? –Sara se agachó para recoger el trozo de tela que hasta hacía unos momentos eran sus braguitas–. He formado parte del equipo de trabajo desde el principio y quiero estar en la inauguración. Se espera de mí que vaya y resultaría muy extraño que no lo hiciera. Pero le he preguntado a Gabe si puedo llevarte conmigo y ha dicho que sí.

–Qué generoso por su parte –dijo Suleiman con ironía.

–Tú no tienes por qué ir, pero yo sí, Suleiman, así que voy a darme una ducha y a prepararme.

Sin añadir nada más, Sara fue al baño, se desnudó y entró en la ducha. Casi esperaba que Suleiman la siguiera, pero no fue así.

No estaba dispuesta a sentirse culpable. Se frotó el pelo con champú casi con rabia. Si Suleiman la amaba como aseguraba, ¿no debería estar esforzándose más por integrarse en su mundo, en su vida?

Podría conocer a Gabe y a los demás diseñadores gráficos con los que había trabajado. ¿No era así como se suponía que funcionaban las parejas modernas?

Pero sus temores no la abandonaron mientras se secaba el pelo frente al espejo del dormitorio. No pudo evitar preguntarse si solo estarían jugando a ser modernos, si solo estarían fingiendo que todo iba bien cuando en realidad aún no se habían enfrentado realmente a nada. ¿Acaso no era Suleiman en el fondo más que otro anticuado guerrero del desierto incapaz de cambiar realmente?

Unos momentos después, Suleiman entró en el dormitorio con una toalla en torno a la cintura y otra con la que se estaba secando el pelo. Como siempre que veía su magnífico cuerpo desnudo, Sara experimentó un agradable cosquilleo en la boca del estómago.

—Vaya, me alegra que hayas decidido acompañarme —dijo con una sonrisa.

—De mala gana —gruñó Suleiman mientras sacaba una camisa blanca del armario.

Sara se preguntó con cierta preocupación cómo encajaría con sus colegas, pero de pronto sintió que se le aligeraba el corazón. A fin de cuentas, Suleiman iba a acompañarla, ¿y cómo no iban a adorarlo todos como ella lo adoraba?

Acababa de ponerse por encima de la cabeza el vestido que había elegido para la ocasión cuando Suleiman dijo:

—No irás a llevar eso, ¿no?

Sara sintió que se le encogía el corazón, pero se volvió hacia él con una sonrisa.

—Sí. ¿Te gusta?

—No.

—Pues es una pena, porque ha sido diseñado por uno de los principales modistos de Londres y es muy adecuado para la fiesta de esta noche.

—Puede que lo sea, pero también es demasiado corto. Prácticamente vas enseñando la ropa interior.

El tono de voz de Suleiman hizo que el corazón

de Sara volviera a encogerse. Creía que ya habían superado todo aquello, pero estaba decidida a mantenerse firme.

—No exageres, Suleiman. Y no te pongas pesado, por favor. La longitud del vestido es perfectamente adecuada en la época en que vivimos y pienso llevarlo.

Sus miradas se encontraron y, al hacerse consciente de la batalla que estaban entablando, Sara trató de ver las cosas desde el punto de vista de Suleiman. En su mundo, una mujer que luciera en público un vestido como aquel estaría enviando un mensaje muy definido, y nada favorable para ella.

—Ya sé que es así como fuiste educado, pero tienes que superar la idea de que las mujeres somos o unas santas o unas desvergonzadas. Además, voy a ponerme las medias doradas y las botas altas que me compraste en París...

—Te las compré para que las usaras en el dormitorio.

Sara alzó los tacones de las botas para enseñárselos.

—Puede que no te hayas fijado, pero las botas tienen tacones reales para caminar. ¡No fueron diseñadas solo para el dormitorio! —se acercó a Suleiman, apoyó una mano en su pecho y ladeó la cabeza—. ¿Por qué no tratas de animarte y disfrutar de la tarde?

Sus miradas mantuvieron otra silenciosa batalla antes de que Suleiman dejara escapar un sonido mezcla de risa y gruñido.

—Ninguna otra mujer se atrevería a hablarme como lo haces tú, Sara.

–¿Y no es por eso por lo que me quieres?

–Tal vez –contestó Suleiman a la vez que deslizaba una posesiva mano por su cintura–. Venga, vámonos.

Capítulo 10

SULEIMAN contempló con expresión malhumorada la gran galería de arte en que se encontraba. De sus paredes colgaban grandes y coloridos cuadros que, a pesar de los elevadísimos precios que figuraban a un lado, habría podido pintar cualquier niño de cinco años. Mujeres delgadísimas y hombres de aspecto gazmoño los contemplaban con aparente interés mientras unas camareras vestidas como extravagantes pájaros deambulaban entre los invitados con bandejas de bebidas y canapés.

Aún no podía creerse que estuviera allí. No podía creerse que Sara lo hubiera llevado allí a mirar aquellas aburridas pinturas y a conocer a aquella aburrida gente. En lugar de quedarse en casa a disfrutar de la cena que había preparado, algo que no había hecho jamás para ninguna mujer, lo había llevado a aquel pretencioso lugar, le había dado un vaso de plástico con un vino bastante mediocre y había desaparecido.

Le había dicho que tenía que trabajar. Al parecer, siempre estaba trabajando. No paraba. Era como si no pudiera bajarse de la rueda en que se había subido con tanto entusiasmo desde que habían vuelto de París.

La buscó con la mirada y la divisó en el otro extremo de la sala. El brillo de su vestido dorado parecía acariciar su cuerpo mientras se movía y su maravillosa melena rubia caía en cascada sobre sus hombros. Los hombres no habían parado de mirarla desde que habían llegado, incluso los de aspecto más gazmoño. Se preguntó si sería consciente de ello. ¿Sería aquel el motivo por el que había elegido un vestido tan diminuto? ¿Para atraer la atención sobre su belleza?

¿Y por qué le habría comprado él aquellas malditas botas que no hacían más que acentuar la sensualidad de sus movimientos?

Sara se había detenido a hablar con un hombre alto, de fríos ojos grises y rostro de fuertes rasgos. Parecían estar manteniendo una animada conversación. Se comportaban como si se conocieran bien, y Suleiman entrecerró los ojos. ¿Quién sería? Sonrió con educado rechazo a la mujer que se había pegado a él desde el momento en que Sara lo había dejado solo, y se encaminó hacia donde estaba.

Sara alzó la mirada al notar que se acercaba y Suleiman notó con claridad que se había ruborizado. ¿Le habría hecho ruborizarse su compañero? Un sentimiento desconocido, oscuro, intenso, se agitó en su interior.

–Oh, Suleiman –dijo Sara con una sonrisa–. Aquí estás.

–Aquí estoy –Suleiman miró con expresión interrogante al hombre que la acompañaba–. Hola.

–Te presento a mi jefe –dijo Sara–. Se llama Gabe Steel y es el dueño de la mejor agencia de publicidad de Londres. Gabe, este es Suleiman Abd al-Aziz, y lo conozco desde que era una niña.

Los dos hombres se miraron un instante antes de

estrecharse las manos. Suleiman notó que el otro hombre lo hacía con tanta energía como él. De manera que aquel era el jefe de Sara, el empresario del que tanto había oído hablar, y el hombre que había prestado su chalet a Sara aquellas Navidades.

Aquel pensamiento no quiso abandonar su mente. ¿Por qué le habría prestado su chalet?

–Me alegra conocerlo, Suleiman –dijo Gabe, sonriente–. Y dígame, ¿Sara era una niña buena, o era muy traviesa?

Suleiman se quedó paralizado. Trató de decirse que aquella era la forma relajada y bromista en que se trataban los colegas en el mundo occidental, pero su corazón no quería escuchar. Años de condicionamientos que habían desembocado en una forma muy rígida de pensar exigían ser escuchados. En lugar de sumarse a la broma, se encontró pensando que aquel hombre estaba hablando de un modo muy impertinente sobre la princesa de Dhi'ban.

A menos que...

El corazón de Suleiman comenzó a latir casi dolorosamente en su pecho. A menos que su relación con Sara fuera algo más que la de meros colegas. ¿Sería Gabe Steel el hombre que había tomado su virginidad? ¿No le había dicho Sara aquellas Navidades que aquel era el chalet de Gabe Steel y que estaba esperando a su amante?

¿Sería Gabe Steel aquel amante?

Los celos que experimentó fueron tan intensos que fue incapaz de hablar durante unos instantes y, cuando lo hizo, sus palabras casi parecieron agujas.

–No creo que la princesa desee que divulgue secretos de su pasado –dijo secamente.

–No, claro que no –Gabe pareció momentáneamente sorprendido, pero enseguida volvió a sonreír–. Y dígame, ¿qué le parecen las pinturas?

–¿Quiere mi opinión sincera?

–Suleiman no es un gran entendido en arte –dijo Sara a la vez que apoyaba precipitadamente una mano en el brazo de Suleiman antes de dirigirle una furiosa mirada–. ¿Verdad, cariño?

Suleiman apenas fue capaz de contener su rabia. Sara le estaba hablando como si fuera un perrito faldero que hubiera llevado consigo. Pero era consciente de que montarle una escena allí no serviría para nada bueno.

De manera que se limitó a sonreír mientras pasaba una mano por su cintura y la atraía posesivamente contra su costado.

–Sara tiene razón, por supuesto. Nunca he podido entender la afición a gastar grandes sumas de dinero en arte moderno. Puede llamarme anticuado, pero prefiero algo que no parezca la comida regurgitada por un gato sobre un lienzo.

–Oh, creo que realmente podríamos llamarte anticuado, Suleiman –dijo Sara en un tono de voz bastante más agudo del habitual.

–Pero también está claro que su campaña publicitaria ha sido un gran éxito –concedió Suleiman, que se obligó a sonreír educadamente–. Al menos por la cantidad de público que se ha reunido aquí esta noche.

–Sí, estamos muy satisfechos con el resultado –dijo Gabe–. Y el éxito se debe en gran parte al talento de su novia, por supuesto. Han sido sus ilustraciones lo que más ha llamado la atención de la gente –sonrió–. Sara es una de nuestras mejores creadoras.

—Estoy seguro de ello, y espero que tengan una buena sustituta preparada para ocupar su puesto.

Suleiman notó la expresión de sorpresa de Gabe Steel y lo pálida que se puso Sara.

Gabe se volvió hacia Sara con expresión interrogante.

—¿Hay algo que no me has contado?

—Nada que yo sepa —contestó Sara mientras su jefe asentía brevemente con la cabeza y se disculpaba para ir a hablar con una mujer que se hallaba en el otro extremo de la galería.

—¿Nos vamos a casa? —preguntó Suleiman.

—Creo que será lo mejor —contestó Sara—. De lo contrario podría acabar rompiendo alguno de esos carísimos cuadros pintados con «la comida regurgitada por un gato» en tu arrogante cabeza.

—¿Estás diciendo que realmente serías capaz de colgar alguno de esos cuadros en tu cuarto de estar?

—Me gustan algunos de esos cuadros, pero no pienso mantener ahora una conversación sobre arte contigo.

Suleiman mantuvo la mano en la cintura de Sara mientras salían. Ella no dijo nada, pero, justo antes de abrir la puerta del taxi, Suleiman se inclinó hacia ella y murmuró:

—¿Cuál es exactamente tu relación con Steel?

—No se te ocurra pronunciar una palabra más antes de que estemos de vuelta en mi apartamento —le espetó Sara en su idioma natal sin ocultar su furia—. ¡No quiero que el taxista piense que salgo con una especie de Neanderthal!

Suleiman sintió que su deseo despertaba mientras contemplaba su airado perfil. La desafiante inclinación de su barbilla le hizo desearla aún más. Pensaba apagar su fuego de la manera que más le gustaba. Pensaba someterla con tales dosis de placer que jamás se le ocurriría volver a desafiarlo.

Si se hubiera tratado de cualquier otra mujer, lo más probable era que la hubiera estrechado entre sus brazos para besarla. Tal vez incluso le habría hecho alcanzar un orgasmo en el asiento trasero del taxi. Pero aquella no era cualquier mujer. Era Sara. La fiera y bellísima princesa Sara. La testaruda y sensual Sara.

El tiempo que tardaron en llegar de vuelta al apartamento se le hizo eterno. Pero, en cuanto la puerta se cerró tras ellos, Sara se volvió hacia él hecha una furia.

—¿Cómo te has atrevido a comportarte de ese modo?

—¿De qué modo?

—¡Como un loco posesivo! ¡Incluso has sido capaz de enfrentarte a mi jefe!

—¿A qué viene esa repentina defensa de Steel, Sara? ¿Fue tu amante? ¿Fue él el hombre con el que perdiste la inocencia?

—¡Oh! —frustrada, Sara se volvió y se encaminó hacia el cuarto de estar.

Suleiman la siguió, hipnotizado por el balanceo de su trasero. Pero, cuando Sara se volvió con una clara advertencia en sus ojos violetas para que no siguiera por donde iba, sintió que una emoción más fuerte que cualquier razonamiento se adueñaba de él.

—¿Lo fue? —preguntó ardientemente—. ¿Por eso te dejó su chalet en Navidad? ¿Por eso estabas tan empeñada en acudir a la fiesta esta noche?

Sara movió la cabeza, frustrada.

—No lo captas, ¿verdad? No pareces darte cuenta

de que llevo años viviendo en Inglaterra y de que no estoy acostumbrada a que los hombres se comporten de un modo tan primitivo. Es algo que está totalmente fuera de lugar.

–No creo que esté fuera de lugar –gruñó Suleiman–. Aquella noche me dijiste que estabas esperando a tu amante, y estabas en el chalet de Steel. Cuando descubrí que no eras virgen, sumé dos más dos y...

–¡Y te salió un número totalmente equivocado! –le interrumpió Sara antes de respirar profundamente para tratar de calmarse–. No debí decirte eso sobre Gabe aquella noche. Solo trataba de lograr enfadarte y, al parecer, lo conseguí con creces. Pero lo cierto es que Gabe nunca ha sido mi amante. Pero aunque lo hubiera sido no tendrías derecho a mostrar tus celos en público. La verdad es que no lo entiendo.

–¿Qué es lo que no entiendes? ¿Que un hombre se sienta posesivo respecto a la mujer a la que ama? ¿No indica eso lo que siente por ella?

Sara negó con la cabeza.

–Eso no tiene nada que ver con lo que siente por ella. Lo que indica es que quiere «poseerla». Antes de convertirte en un magnate del petróleo viajaste por el mundo muchos años representando a Murat. ¿Vas a decirme que te comportabas de ese modo cada vez que te encontrabas con un diplomático cuyas ideas no encajaban exactamente con las tuyas?

–Al contrario. Uno de los motivos por los que se me dan tan bien los juegos de cartas es que tengo la habilidad de ocultar lo que estoy pensando.

Sara asintió lentamente.

–Entonces ¿qué ha pasado esta tarde?

–Lo que ha pasado has sido tú.

–¿Te refieres a algo que he hecho yo? –preguntó Sara, desconcertada.

–A mí mismo me está costando entenderlo. Nunca he sentido algo así por ninguna mujer, y a veces me asusta sentirlo. Jamás he deseado a una mujer como te deseo a ti, Sara.

–Desearme no te da permiso para comportarte como lo has hecho con Gabe. No te da derecho a tratarme como una especie de objeto del que eres dueño. No quiero eso.

–¿Y qué es lo que quieres, Sara? –preguntó Suleiman tras un instante de silencio–. Porque no pareces querer tener una relación normal. Al menos, no me da esa impresión.

–Eso es gracioso. ¿Una relación normal? ¡Creo que no reconocerías una relación normal ni aunque te dieras de bruces con ella en la calle! –dijo Sara, encendida–. Pero ¿cómo ibas a reconocerla siendo tan posesivo y celoso?

–¿Y tú no consideras que has alimentado esos celos?

–Ya te he explicado todo lo relacionado con Gabe.

–¡No estoy hablando de Gabe! Estoy hablando del hecho de que desde que me trasladé aquí tengo la sensación de que me estás apartando de tu lado. Tengo la sensación de que te has rodeado de un muro de cristal infranqueable.

Sara experimentó algo parecido al miedo. ¿Sería cierto lo que había dicho Suleiman, o solo trataba de hacerla completamente suya, de apagar por completo su intenso sentido de la independencia?

–¿Qué sentido tiene seguir con esto? –dijo cansinamente–. No tiene sentido. Al parecer, hemos encendido las luces y hemos visto las grandes grietas que existen en nuestra relación.

–Yo creo que tú has decidido hace tiempo que esto no va a funcionar –dijo Suleiman–. Y puede que así tengan que ser las cosas. Pero ahora déjame hablar a mí. Acepto todos los cargos de los que acabas de acusarme. He sido posesivo y celoso. Lo reconozco. No estoy orgulloso de ello y lo siento. Las sensaciones llevaban algún tiempo acumulándose en mi interior y hoy han salido a la superficie. Pero ¿te has molestado tú un solo instante en preguntarte por qué?

–¿Tal vez porque sigues viviendo en la Edad Media? ¿O porque eres el típico hombre del desierto que nunca cambiará?

Suleiman movió la cabeza, exasperado.

–Puede que esta noche no haya estado a la altura del amante ideal, pero te aseguro que me he esforzado de muchas otras maneras por serlo.

–¿Cómo? ¿Quieres explicarme cómo lo has intentado?

–Para empezar, acepté venir a instalarme en tu diminuto apartamento londinense...

–¡No es diminuto!

–Claro que lo es. He estado tratando de dirigir mis negocios desde el segundo dormitorio y lo único que escucho son tus quejas porque el teléfono suena en momentos poco adecuados.

–¿Es eso lo único que obtienes de mí, Suleiman? ¿Quejas?

–No, claro que no. También obtengo otro montón de cosas buenas. Las mejores, si quieres saberlo, pero lo que tenemos no es sostenible.

–¿Sostenible?

A pesar de que lo que habría querido hacer habría sido recorrer la distancia que los separaba para estrechar entre sus brazos a Sara, Suleiman tuvo que endurecer su corazón ante el repentino oscurecimiento de su mirada.

–¿Crees que quiero seguir siento tratado como algo más o menos irrelevante mientras tu trabajo lo domina todo?

–Te dije que necesitaba trabajar.

–Y yo lo acepté. Pero no sabía que te referías a que prácticamente ibas a vivir en tu despacho casi las veinticuatro horas del día siete días a la semana, como si tuvieras que probarte algo a ti misma. No sé si lo haces para demostrarle a tu jefe que no piensas volver a irte de repente, o para demostrarme a mí que eres una mujer independiente. Sea lo que sea, no te estás enfrentando a la verdad que hay tras tus actos.

–Y tú sí, ¿no?

–Tal vez. Y voy a decirte lo que tú pareces empeñada en ignorar, Sara, porque creo que necesitas escucharlo.

–¿En serio? –preguntó Sara con ironía mientras ocupaba uno de los sillones del cuarto de estar y se cruzaba de brazos con expresión desafiante–. Puedes empezar. Estoy deseando escucharte.

Suleiman captó la vulnerabilidad que Sara trataba de ocultar, pero necesitaba decir aquello, fueran cuales fuesen las consecuencias.

–Creo que piensas que creciste en un hogar infeliz en el que tu madre se sentía atrapada. Pero tú no eres tu madre y tus circunstancias son totalmente distintas.

–No tan distintas. No después de cómo me has tratado esta noche, como si fuera una más de tus posesiones.

–Ya me he disculpado por eso. Podría decirte sinceramente que no volveré a comportarme así, pero ya es demasiado tarde.

–¿A qué te refieres con que ya es demasiado tarde? –preguntó Sara.

–Es demasiado tarde para nosotros. Yo he tratado de cambiar y de adaptarme a estar contigo. Puede que no haya tenido éxito, pero al menos lo he intentado. Pero tú no. Has permanecido encerrada en tu propio temor. Estás asustada, Sara. Te asusta ser quien realmente eres. Eso fue lo que te hizo huir de Dhi'ban. Por eso dejas que tu trabajo te consuma.

–Mi padre me dio permiso para venir a un internado en Inglaterra. No hui.

–Pero nunca volviste, ¿verdad?

–Porque mi vida está aquí.

–Ya lo sé. Pero tienes a tu familia en Dhi'ban. Tu única familia. ¿Cuándo has visto por última vez a tu hermano? Sé que estuviste en la celebración de su boda menos de veinticuatro horas.

Sara se preguntó cómo sabría aquello Suleiman. ¿La habría estado espiando?

–No pude quedarme más porque tenía un importante trabajo entre manos.

–Seguro que lo tenías. Como siempre. Pero también tienes vacaciones como todo el mundo, ¿no, Sara? ¿No podrías haber ido a visitarlo de vez en cuando? ¿No se te ha ocurrido pensar nunca que ser rey es una ocupación muy solitaria? ¿No ha tenido la esposa de tu hermano un bebé? ¿Has visto alguna vez a tu sobrina?

—Le envié un regalo cuando nació —dijo Sara a la defensiva, y vio que la boca de Suleiman adquiría un rictus que le hizo sentirse de pronto muy incómoda.

—Puede que quieras rechazar tu pasado, pero no puedes negar o ignorar el efecto que tuvo sobre ti. Puede que odies algunos aspectos de la vida del desierto, pero una mitad tuya pertenece al desierto. Huye de ese hecho y estarás huyendo de ti misma. Eso lo sé muy bien. Tú fuiste uno de los motivos por los que no pude seguir trabajando para Murat, pero lo que sucedió entre nosotros aquella noche me hizo reexaminar mi vida. Comprendí que no podía seguir interpretando un papel de subordinado a causa del sentimiento de gratitud que tenía hacia el hombre que me había sacado de la pobreza —Suleiman miró un largo momento a Sara antes de añadir—: Pero eso es irrelevante ahora. Tengo que hacer el equipaje.

Sara alzó la cabeza como si fuera una marioneta de cuyos hilos acabara de tirar alguien con particular violencia.

—¿Hacer el equipaje? ¿Para qué? —preguntó, y pudo captar el matiz de creciente pánico de su voz—. ¿Para qué vas a hacer el equipaje?

—Me voy —dijo Suleiman, casi con delicadeza—. Se ha acabado, Sara. Hemos pasado buenos y malos momentos, pero ya han terminado. Yo lo he comprendido y, antes o después, tú también lo comprenderás. Y no quiero estropear todos los buenos recuerdos a base de discusiones, de manera que me voy.

Sara tragó saliva convulsivamente.

—Pero es muy tarde.

—Ya lo sé.

—¿No podrías quedarte esta noche y marcharte mañana?

—No puedo, Sara.

—No —Sara se encogió de hombros como si en realidad no importara. Como si le diera igual lo que hiciera—. No, supongo que no.

Empezaron a temblarle los labios cuando Suleiman se dio la vuelta y salió de la habitación. Escuchó los ruidos que hizo mientras recogía sus cosas en el baño, incluyendo aquella maquinilla de afeitar de aspecto letal que siempre utilizaba. Una profunda sensación de tristeza, y de fracaso, se adueñó de ella cuando Suleiman volvió a aparecer en el umbral de la puerta con su maleta en una mano.

—Recogeré el resto de mis cosas mañana, cuando estés en el trabajo.

Sara se levantó con piernas inseguras. Habría querido correr hacia él para decirle que no se fuera, que todo había sido un terrible error, como una pesadilla de la que uno se despertaba para descubrir con alivio que nada había sido real. Pero aquello era real. Real y muy doloroso.

No pensaba ser la típica mujer capaz de aferrarse llorando a las piernas de Suleiman para suplicarle que no se fuera, se recordó. Además, estaba segura de que podían despedirse de forma adecuada. Toda una vida de amistad no tenía por qué terminar así.

—¿Un último beso? —dijo en tono desenfadado, como si fuera alguien que Suleiman acabara de conocer en alguna fiesta social.

La boca de Suleiman se endureció visiblemente.

Parecía horrorizado, como si Sara acabara de sugerir que organizaran una fiesta sobre la tumba de alguien.

—No creo —contestó casi con tristeza antes de volverse para salir del apartamento.

El eco de la puerta al cerrarse a sus espaldas dejó a Sara suspendida en una desoladora sensación de vacío.

Capítulo 11

EL APARTAMENTO parecía vacío sin él.

Su vida parecía vacía sin él.

Sara se sentía como si se hubiera despertado en otro planeta.

Sus sensaciones le recordaban a las que experimentó cuando llegó al internado de Inglaterra, a la impresionable edad de doce años. Sucedió un desapacible día de septiembre, y el contraste con el ardiente país desértico que había dejado atrás no habría podido ser más intenso. Recordó sus estremecimientos mientras las hojas comenzaban a ser arrancadas de los árboles por el viento, y también cómo tuvo que adaptarse a las oscuras y frías mañanas inglesas. Y a pesar de saber que era allí donde estaba el futuro que quería para sí, pasó una temporada sintiéndose como si estuviera en otro planeta.

Pero aquello no era nada comparado con lo que estaba sintiendo tras la marcha de Suleiman.

Al principio no había querido creer que fuera a irse de verdad. Por la mañana se habría tranquilizado y volvería para hacer las paces, y ella se disculparía, como había hecho él. Aprenderían de sus errores, decidirían qué querían hacer con sus vidas y caminarían juntos hacia el futuro.

Pero Suleiman no había vuelto.

Sara miró su reloj. Miró su móvil. Esperó.

Finalmente, y aunque su orgullo trató de detenerla, acabó marcando su número de teléfono. Mientras lo hacía sostenía una pluma de oro que había encontrado en el suelo del segundo dormitorio, el único recuerdo de que Suleiman había utilizado aquella habitación como oficina. Se convenció a sí misma de que le encantaba esa pluma y la echaría de menos, a pesar de saber que tenía otra docena de plumas entre las que elegir.

Pero no fue él quien respondió a la llamada, sino un enérgico secretario que le dijo que Suleiman estaba de viaje. Sara preguntó por su destino en el tono más desenfadado que pudo, solo para sufrir la humillación de que el secretario le dijera que no podía revelárselo por motivos de seguridad.

¿Adónde habría ido?, se preguntó mientras colgaba con mano temblorosa. ¿Habría vuelto a París? ¿Estaría tumbado en la suite del hotel con otra complaciente rubia vestida tan solo con unas botas altas y unas braguitas?

Dejó la pluma en el escritorio y tuvo que hacer verdaderos esfuerzos para vestirse y acudir al trabajo.

Pero, por primera vez en su vida, fue incapaz de concentrarse en su tarea.

Alice le hizo varias preguntas que tuvo que repetir porque Sara no estaba prestando atención. Luego derramó su café sobre el dibujo en que estaba trabajando y lo arruinó por completo. Los días fueron pasando como una oscura corriente de dolor. Sus pensamientos no se centraban y era incapaz de organizar su tiempo con efectividad. Todo parecía un caos.

Al finalizar la semana, Gabe le pidió que fuera a

su despacho. En cuanto entró, Sara notó que no parecía precisamente contento.

—¿Qué te sucede, Sara? —preguntó abiertamente.

—No me sucede nada.

—Si no puedes hacer adecuadamente tu trabajo, no deberías venir al despacho.

Sara bajó la mirada.

—¿Tan mal están las cosas? —susurró.

Gabe se encogió de hombros.

—¿Quieres hablar de ello?

Sara negó con la cabeza. Gabe era un buen jefe en muchos aspectos, pero también era un jefe muy duro.

—En realidad, no.

—Tómate una semana libre —dijo Gabe en un tono que no admitía réplica—. Y haz el favor de resolver lo que tengas que resolver.

Sara asintió pensando que los hombres eran realmente distintos a las mujeres. Para ellos todo era blanco o negro. ¿Y si su problema no tenía solución? ¿Y si Suleiman se había ido de su vida para siempre?

Salió del edificio y se puso a caminar pensando en las cosas que le había dicho Suleiman. Los pensamientos que había tratado de bloquear aquellos días afloraron libremente a la superficie mientras los examinaba. ¿Había huido realmente de su antigua vida, aunque hubiera tratado de negarlo, aunque hubiera tratado de fingir que aquella parte de ella no existía?

Sí, lo había hecho.

¿Se había comportado desconsideradamente al descuidar como lo había hecho a la única familia que tenía, prácticamente huyendo de la boda de su hermano y sin haberse molestado en tomar un avión para conocer a su sobrina?

Cerró los ojos.

Sí, lo había hecho.

Y a pesar de lo madura e independiente que se consideraba, lo primero que había hecho había sido descolgar el teléfono para llamar a Suleiman. ¿Qué pensaba decirle? ¿Se habría puesto a lloriquear y a rogarle que volviera para hacerle sentirse mejor?

Aquello no era independencia, sino todo lo contrario. Uno no podía basarse en otro para sentirse mejor con uno mismo.

Debía enfrentarse de una vez a todo lo que había tratado de ignorar durante tanto tiempo. Había estado tanto tiempo ocupada interpretando el papel de una Sara Williams integrada y totalmente adaptada a la vida inglesa que había olvidado a la otra Sara.

A la princesa del desierto. A la hermana. A la tía.

Y aquella otra Sara era igual de importante.

Sintió que un nudo atenazaba su garganta mientras paraba a un taxi con la mano. Durante el trayecto al apartamento empezó a hacer planes para enmendar las cosas.

Logró tomar un vuelo a Dhi'ban a última hora de la tarde. Tendría que hacer una parada intermedia de dos horas en Qurhah, pero podría superarlo. Extrañamente, no sintió la tentación de pedirle a su hermano que enviara un avión a Qurhah a recogerla, y habría preferido caminar descalza por la abrasadora arena del desierto que pedir ayuda a Suleiman.

El viaje fue largo y cansado, y parpadeó sorprendida cuando finalmente llegaron al aeropuerto de Dhi'ban, porque apenas lo reconoció. Los edificios de la terminal eran más abundantes y habían sido completamente modernizados. Había montones de nuevas tiendas de cosméticos, joyerías y boutiques.

Al alzar la mirada vio un retrato de su hermano, el rey, en el que aparecía con la corona que llevó su padre y con una expresión especialmente severa.

Fue inevitable que la reconocieran al pasar por la aduana, pero desestimó educadamente con un gesto de la mano las preocupadas protestas de los oficiales.

–No quería ninguna clase de recepción –explicó, sonriente–. Quiero que esta visita sea una sorpresa para mi sobrina, la princesa Ayesha.

La carretera bordeada de palmeras le resultó reconfortantemente familiar, y, cuando vio el hogar de su infancia aparecer en la distancia, sintió que se le encogía el corazón con una mezcla de placer y dolor.

Nunca había visto a los guardias de la puerta principal más sorprendidos que cuando salió del taxi ante ellos. Pero en aquella ocasión no experimentó la habitual impaciencia cuando empezaron a hacerle reverencias. A fin de cuentas, solo estaban haciendo su trabajo. Respetaban su posición de princesa... y tal vez había llegado el momento de que ella también empezara a respetarla.

Cuando entró en los terrenos del palacio vio en su reloj que eran casi las dos y se preguntó si su hermano estaría trabajando. Lo cierto era que apenas sabía nada de su vida y que apenas conocía a Ella, su esposa.

Pero aún estaba decidiendo qué hacer a continuación cuando vio que su hermano, Haroun, se encaminaba a grandes zancadas hacia ella. Sus rasgos, una versión más fuerte y masculina de los de ella, inicial-

mente perplejos, se transformaron en una amplia sonrisa cuando alargó los brazos hacia ella.

—¿De verdad eres tú, Sara?

—De verdad soy yo —susurró ella, alegrándose de
que su hermano hubiera elegido aquel momento para
darle un auténtico abrazo de oso, lo que le dio tiempo
suficiente para controlar sus ganas de llorar y recuperar la compostura.

Un rato después estaba sentada con Haroun y su
esposa, Ella, rogándoles que la perdonaran. Les dijo
que se sentía culpable por haberse ausentado tanto
tiempo, pero que, si estaban dispuestos a perdonarla,
querría volver a formar parte de sus vidas. También
les pidió que le dejaran ver a su sobrina.

La pareja real intercambió una mirada y ambos
cónyuges sonrieron con satisfacción antes de que Ella
abrazara cariñosamente a Sara y le dijera que Ayesha
estaba echando la siesta, pero que podría verla en
cuanto se despertara. Luego permanecieron un rato en
los jardines disfrutando de un delicioso té a la menta.

Sara empezó a contarles lo sucedido con el sultán,
pero, como era de esperar, Haroun estaba al tanto de
la boda cancelada y los diplomáticos de ambos países
ya llevaban algún tiempo reuniéndose para establecer
nuevas alianzas.

—Entonces, ¿has visto a Murat? —preguntó Sara
con cautela.

—Sí.

—Y... ¿parecía disgustado?

—No, a menos que tu idea de parecer disgustado in-
cluya ir acompañado de una deslumbrante mujer con
la que no paró de fotografiarse —dijo Haroun riéndose.

No necesitaron mucha persuasión para animar a

Sara a hablar de Suleiman. Les confesó con voz temblorosa cuánto lo amaba, porque había comprendido que tampoco podía seguir huyendo para siempre de aquella verdad.

–Pero todo ha acabado –concluyó.

Ella miró a su marido y frunció el ceño.

–Suleiman te cae muy bien, ¿no, cariño?

–No cuando jugamos al backgammon –gruñó Haroun.

Después, una sirvienta condujo a Sara a su antigua habitación, donde, entre los dos retratos enmarcados de su madre y su padre había un libro sobre caballos que le regaló Suleiman cuando cumplió doce años, justo antes de que se marchara a estudiar a Inglaterra.

Para la valiente e intrépida Sara, de su amigo para siempre, Suleiman, decía la dedicatoria.

Y al leerla fue incapaz de contener los sollozos, porque sabía que no había sido ninguna de aquellas cosas. No había sido valiente, ni intrépida; había sido una cobarde que había huido y se había ocultado de su familia. No había cumplido las expectativas que Suleiman había puesto en ella. No había sido una verdadera amiga.

Tras bañarse y cambiarse, esperó a que Ella acudiera a buscarla para llevarla al cuarto de su sobrina. Aquella experiencia también resultó conmovedora. La pequeña dormía aún en la misma cuna que ella utilizó al nacer, y acarició con añoranza la madera mientras Ella tomaba a su adormecida hija en brazos.

Ayesha era una niña pequeña y sonriente con una mata de sedosos rizos en lo alto de la cabeza y unos grandes ojos de un intenso color violeta. Sara sintió que su corazón se llenaba de amor mientras acariciaba la rosada mejilla de su sobrina.

–Oh, es preciosa –dijo–. ¿Qué tiempo tiene?

–Nueve meses –dijo Ella–. Lo sé. El tiempo vuela, y todo eso. Y, por cierto, dicen que es idéntica a ti.

–¿En serio?

Ella sonrió.

–Si no me crees, vuelve a mirar tus fotos de cuando eras pequeña.

Sara miró a la pequeña a los ojos y sintió una dolorosa punzada en el corazón. ¿Sería normal experimentar añoranza por lo que podría haber sido pero que nunca llegaría a ser? ¿Imaginarse la clase de bebé que habrían podido tener Suleiman y ella?

–¿Crees que querrá venir conmigo? –preguntó a la vez que sonreía y alargaba los brazos hacia la niña.

Pero Ayesha se retorció en brazos de su madre y rompió a llorar.

–No te preocupes –dijo Ella cariñosamente–. No tardará en acostumbrarse a ti.

Hicieron falta cuatro días para que Ayesha consintiera en que su tía la tomara en brazos, pero, a partir de aquel momento, no quiso separarse de ella. Sara se preguntó si su adorable sobrina habría intuido cuánto necesitaba sus abrazos.

Poco a poco fue adaptándose a las rutinas de Haroun y Ella, con la que se compenetró rápidamente, y empezó a relajarse mientras volvía a acostumbrarse a la vida en palacio.

Una tarde salió con Ella y con la niña en el cochecito a dar un paseo por los jardines del palacio. La semana de vacaciones que le había concedido Gabe estaba a punto de acabar, y Sara sabía que tenía que ponerse a pensar seriamente en su futuro.

Pero aún no había decidido cómo quería que fuese aquel futuro.

–¿Volvemos ya? –preguntó Ella, irrumpiendo con su suave voz en los pensamientos de Sara.

–Sí, claro.

Según se acercaban al palacio, Sara se fijó en una oscura silueta que contrastaba con el mármol blanco del edificio. Por un momento abrió los ojos de par en par, hasta que obligó a su atribulada mente a mostrarse razonable. «Deja de conjurar alucinaciones que me hacen creer que estoy viendo realmente a Suleiman».

Cerró un momento los ojos, pero cuando volvió a abrirlos la silueta seguía allí.

–¿Sucede algo? –preguntó Ella.

Sara creyó percibir un matiz de risa en su tono, pero supuso que también se lo estaba imaginando.

–Por un momento, he creído ver a Suleiman.

–De hecho, lo has visto –dijo Ella con delicadeza–. Está aquí. Suleiman está aquí.

De pronto, Sara se sintió como si la tierra acabara de moverse bajo sus pies. Los latidos de su corazón se volvieron de pronto ensordecedores. Su mente se llenó de preguntas, pero tenía los labios demasiado secos como para formularlas, y solo fue capaz de pronunciar una palabra.

–¿Cómo?

Pero Ella ya se alejaba empujando el cochecito hacia una de las entradas laterales. Sara permaneció donde estaba, sintiéndose expuesta, asustada y muy vulnerable. Parecía que los pies se le hubieran vuelto de plomo, pues fue incapaz de dar un paso. Pero tenía que caminar. Las mujeres independientes caminaban, no se tambaleaban porque el hombre de sus sueños acabara de aparecer ante ellas como un oscuro y a la vez deslumbrante cometa que hubiera caído a la Tierra.

Suleiman no se movió cuando, finalmente, Sara logró encaminarse hacia él. Resultaba imposible interpretar la expresión de su oscuro rostro y cuando se acercó más fue incapaz de saber lo que estaba pensando. Pero, como el propio Suleiman le había dicho, su habilidad con los juegos de cartas era mítica por la capacidad que tenía para poner cara de póquer.

Sara trató de reprimir la esperanza que creció inevitablemente en su corazón, porque las esperanzas inútiles eran aún peores que carecer por completo de ellas. Pero no pudo evitar que le temblara la voz cuando se detuvo ante él.

—Suleiman... ¿qué haces aquí?

—He venido a hablar con tu hermano sobre la posibilidad de excavar algunos pozos de petróleo en Dhi'ban.

—¿Lo dices en serio? —preguntó Sara, consternada.

Suleiman suspiró con expresión exasperada.

—Por supuesto que no lo digo en serio. ¿Tú por qué crees que he venido, Sara?

—¡No lo sé!

Suleiman la contempló un instante y, por primera vez, vio que había cambiado, aunque al principio no fue capaz de saber con exactitud qué había cambiado en ella. Su piel resultaba un poco más pálida de lo habitual, y parecía que se había estado mordiendo los labios, pero bajo aquello distinguió algo más. Algo que le había faltado mucho tiempo. Experimentó una extraña emoción al comprender que aquel algo era paz, que una nueva fuerza y resolución brillaba en sus ojos mientras lo miraba.

Y entonces empezaron a surgir las dudas en su mente. ¿Habría encontrado Sara aquella paz... sin él? Tuvo que reconocer que los motivos que lo habían llevado allí habían sido totalmente egoístas. ¿Y si Sara estaba mejor sin él? ¿Acaso se había detenido a considerar aquella posibilidad? ¿Sería tal su necesidad de independencia que había llegado a la conclusión de que una relación con un hombre como él podría ser un impedimento para aquella independencia?

Contempló su rostro con el corazón lleno de amor y dolor y de pronto le dio igual. Sabía que en la vida no había garantías de ninguna clase, pero eso no significaba que uno no debiera luchar por las cosas que realmente importaban. Que Sara le dijera que no lo quería si así era, pero él no pensaba dejarle ninguna duda sobre sus sentimientos por ella.

–Yo creo que sí lo sabes –dijo con suavidad–. Estoy aquí porque te quiero y porque me resulta imposible dejar de hacerlo.

–¿Y has intentado dejar de quererme? –preguntó Sara con la voz cargada de dolor–. ¿Para eso te fuiste?

Por un momento, se produjo un profundo silencio, tan solo interrumpido por el canto de un pájaro en un árbol cercano.

–No podía seguir contigo en el estado en que te encontrabas –dijo Suleiman sinceramente–. Estabas demasiado asustada como para relajarte y permitirte ser la mujer que realmente querías ser. Aunque inconscientemente, me estabas apartando de tu lado,

Sara, y no podía soportarlo. Sabía que necesitabas regresar a tu hogar antes de empezar a crear uno propio —sonrió—. Luego supe que habías venido a Dhi'ban y pensé que aquella era probablemente la mejor noticia que había escuchado en mucho tiempo.

—¿De verdad? —susurró Sara.

Suleiman estaba deseando estrecharla entre sus brazos, pero, antes de volver a tocarla, necesitaba decirle algo.

—En cuanto a la respuesta a tu pregunta, estoy aquí porque me haces sentir cosas que me he pasado la vida tratando de no sentir.

—¿Qué clase de cosas?

—Amor.

—Oh. ¿«Crees» que me amas? —preguntó Sara, utilizando las palabras que utilizó Suleiman en París.

—No «creo» que te amo. Te amo. Sin más. Te quiero completa y totalmente, para siempre. Estoy aquí porque, aunque soy perfectamente capaz de vivir sin ti, no quiero hacerlo. No. Eso no es totalmente cierto. La verdad es que no soporto la idea de vivir sin ti, Sara, porque sin ti soy solo la mitad del hombre que podría ser.

Se produjo un momento de silencio. Sara bajó la mirada, como si hubiera encontrado algo increíblemente interesante en el suelo. Por un instante, Suleiman se preguntó si estaría haciendo acopio del valor necesario para decirle que había perdido el tiempo yendo a buscarla, pero cuando volvió a alzar la cabeza vio el brillo de las lágrimas en sus ojos violetas.

—Y yo sin ti solo soy la mitad de la mujer que podría ser —dijo Sara con voz temblorosa—. Tú también has vuelto a completarme. Me has hecho comprender que solo enfrentándonos a nuestros peores temores podemos superarlos. Me has hecho comprender que la independencia es algo bueno, pero nunca a costa del amor, porque el amor es lo más importante. Y tú eres lo más importante de todo, Suleiman, lo más valioso, y creía que te había perdido a causa de mi estupidez.

–Sara –dijo Suleiman, y la palabra sonó distorsionada por la emoción con que la pronunció–. Dulce Sara. Mi único amor –añadió antes de estrecharla entre sus brazos para devorarla a besos.

Para cuando regresaron al palacio, donde Ella y Haroun los aguardaban con una botella de champán en una cubitera de hielo, Sara llevaba un anillo de compromiso con una enorme esmeralda.

Y no lograba dejar de sonreír.

Epílogo

SUPONGO que ya te habrás dado cuenta de que no voy a ser la tradicional esposa de un hombre del desierto –dijo Sara mientras se quitaba el velo y lo dejaba junto a su anillo de compromiso y a la tiara de diamantes que le había prestado su cuñada.

–¿Y no crees que deberías haberme dicho eso antes de la boda? –murmuró Suleiman. Estaba desnudo sobre la cama, esperando a que su esposa se reuniera con él.

–Lo hice –Sara se quitó el vestido de encaje de color marfil y lo dejó sobre el respaldo de una silla–. Y espero que sepas que lo hice en serio.

–Y yo también hablé en serio cuando te dije que no esperaba que lo fueras, y cuando te dije que yo tampoco iba a ser el marido tradicional del desierto. Nunca más trataré de poseerte, Sara. Tendrás toda la libertad que necesites.

Sara dejó escapar un suspiro de felicidad mientras miraba a Suleiman. ¿No era extraño que cuando alguien te ofrecía libertad dejaras de desearla tanto?

Suleiman le había dicho que por supuesto que podía seguir trabajando para Gabe, al menos mientras llegaran a algún compromiso razonable respecto a sus horarios. Lo absurdo era que ya no quería seguir trabajando allí, o, al menos, no como lo había hecho hasta entonces. Le había encantado su trabajo, pero pertenecía a su pasado y a parte de su vida de soltera. Ahora tenía una vida diferente y diferentes oportunidades. Por eso había acordado seguir trabajando para la agencia de Steel como freelance. Así podría viajar con su marido y todo el mundo estaría contento.

Volvió a suspirar. Su boda había sido la mejor de la historia... aunque Suleiman pensaba que su opinión era un tanto parcial. Habían invitado a Gabe y varios colegas de la agencia que se lo habían pasado en grande, pero lo mejor había sido la aparición por sorpresa del sultán, lo que significaba que había perdonado por completo a Suleiman, y a ella, por haber cambiado tan radicalmente el curso de la historia del desierto.

—Murat parecía llevarse bastante bien con Gabe, ¿no te parece? ¿De qué crees que habrán estado hablando?

—Ahora mismo me da igual —murmuró Suleiman—. Tengo la sensación de que llevo una eternidad sin tenerte en mi cama.

—Hará una semana que no me tienes en tu cama por culpa del protocolo, pero hace menos de ocho horas que me «has tenido» en los establos, nada menos. Y además, sin permitirme hacer ningún ruidito.

—Eso formaba parte de la emoción —dijo Suleiman a la vez que deslizaba una sensual mirada por el magnífico cuerpo semidesnudo de su esposa—. Pocas cosas logran mantenerte callada, pero parece que por fin he encontrado una manera de lograrlo. Lo que significa que vamos a permitirnos montones de sexo ilícito en el futuro, querida esposa.

Sara se reunió en la cama con él vestida tan solo

con sus braguitas, su sujetador y su liguero de encaje.
Iban a pasar la luna de miel en Samahan, donde pensaba aprender todo lo posible sobre la tierra en que
nació Suleiman. Después decidirían dónde querían
tener su hogar.

—Podemos tenerlo en cualquier sitio. Donde quieras —había prometido Suleiman.

Sara cerró los ojos cuando su marido la rodeó con
sus brazos, porque daba igual dónde fueran a vivir.

Aquel era su auténtico hogar.

Bianca

Lo que se le negó en el pasado... ¡se le concedió en el presente!

Lara Bradley sintió que se le cortaba la respiración cuando Gabriel Devenish volvió a aparecer en su vida, acompañado de un torbellino de sentimientos. El hombre que Lara tenía ante sí ya no era el objeto de sus deseos de adolescente, sino un hombre duro, distante y cruel... Gabriel sabía que debía alejarse de Lara y demostrarle que los finales felices con él eran imposibles. Sin embargo, al tratar de probarle lo inadecuado que era para ella, se dio cuenta de lo bien que Lara le hacía sentirse, amenazando así los cimientos mismos del muro que había construido alrededor de su corazón.

Una historia inacabada

Maggie Cox

Acepte 2 de nuestras mejores novelas de amor GRATIS

¡Y reciba un regalo sorpresa!

Oferta especial de tiempo limitado

Rellene el cupón y envíelo a
Harlequin Reader Service®
3010 Walden Ave.
P.O. Box 1867
Buffalo, N.Y. 14240-1867

¡Sí! Por favor, envíenme 2 novelas de amor de Harlequin (1 Bianca® y 1 Deseo®) gratis, más el regalo sorpresa. Luego remítanme 4 novelas nuevas todos los meses, las cuales recibiré mucho antes de que aparezcan en librerías, y factúrenme al bajo precio de $3,24 cada una, más $0,25 por envío e impuesto de ventas, si corresponde*. Este es el precio total, y es un ahorro de casi el 20% sobre el precio de portada. !Una oferta excelente! Entiendo que el hecho de aceptar estos libros y el regalo no me obliga en forma alguna a la compra de libros adicionales. Y también que puedo devolver cualquier envío y cancelar en cualquier momento. Aún si decido no comprar ningún otro libro de Harlequin, los 2 libros gratis y el regalo sorpresa son míos para siempre.

416 LBN DU7N

Nombre y apellido	(Por favor, letra de molde)
Dirección	Apartamento No.
Ciudad	Estado	Zona postal

Esta oferta se limita a un pedido por hogar y no está disponible para los subscriptores actuales de Deseo® y Bianca®.
*Los términos y precios quedan sujetos a cambios sin aviso previo.
Impuestos de ventas aplican en N.Y.

SPN-03

Deseo

SUYO POR UN FIN DE SEMANA

TANYA MICHAELS

Piper Jamieson necesitaba un hombre que se hiciera pasar por su novio durante una reunión familiar y no tenía ningún candidato excepto a su mejor amigo, el sexy Josh Weber. Y, como no había nada entre ellos, no supondría ningún problema.

La perspectiva de un fin de semana junto a Piper parecía el plan perfecto, no así la reunión familiar. Últimamente sus citas con otras mujeres no habían sido tan apasionantes como solían ser y él sabía perfectamente por qué. Lo cierto era que no podía dejar de pensar en su mejor amiga... Y en que ahora tenía tres noches para hacerla cambiar de opinión.

Ella quería algo temporal...
pero él la deseaba para siempre

¡YA EN TU PUNTO DE VENTA!

Bianca

El soltero más codiciado de Sídney... ¿la deseaba a ella?

Michele lo sabía todo sobre Tyler Garrison. Insoportablemente atractivo y heredero de una gran fortuna, cambiaba de mujer con la misma facilidad con que cambiaba de coche. Sin embargo, cuando Michele fue invitada a la boda de su exnovio, la emocionó que Tyler consintiera en acompañarla, y ello a pesar de la condición que le puso... ¡que simularan ser amantes!

Michele disfrutó con el efecto que produjo entre los invitados su aparición del brazo de Tyler. Pero quedó aún más sorprendida cuando él le hizo otra propuesta todavía más provocativa: ¡que se convirtieran en amantes de verdad!

HARLEQUIN

Bianca

BEST SELLER

Miranda Lee
Proposición indecente

Proposición indecente

Miranda Lee